KB268908

사색의 향기,
아침을 열다

사색의 향기,
아침을 열다

사색의향기문화원 지음

위즈덤하우스

당신에게 '향기메일'이 도착했습니다

1.

여기, 한 사람이 있어요.
무엇을 위해, 어디로 가는지도 모르는 채
하루하루를 살아가죠.
늘 자신이 초라하게 느껴집니다.
정신없이 달리고 있을 때는 느끼지 못하지만
잠깐 쉬는 동안 마음은 공허해지고요.
애써 지워버리고 다시 달릴 채비를 합니다.
그래야 공허함을 잊을 수 있으니까요.

경주마의 삶과 무엇이 다를까요.

게다가
지금 우리 사회는
모두들 자신의 내면에 기수를 앉혀 놓고
스스로에게 가혹한 채찍질을 해야
살아남을 수 있는 사회로 변해 가고 있지요.

그러다 보니
지금 삶의 중요성을 놓치고 살아갑니다.
큰 행복을 자꾸만 뒤로 미루게 되지요.
작은 행복은 더더욱 뒤로 미루게 됩니다.
행복을 위해서 산다고 믿었는데
행복과는 거리가 먼 삶을 태연하게 살게 됩니다.
모두들 그렇게 살고 있다고 위로하며 사는 겁니다.

정신을 차려 보면
차가운 거리의 한복판에 혼자 서 있음을 발견하게 됩니다.

하지만
때로는 몇 줄의 문장이
우리의 삶을 전면적으로 돌아보게 하지요.
몇 줄의 이야기가

상처받은 우리의 마음에
깊은 위안을 주고
뜨거운 눈물을 흘리게 할 때가 있습니다.

가장 필요한 순간에, 가장 진심 어린 꿈을
되살려 낼 수 있는 힘을 주기도 합니다.

우리가 살아가는
지금 이 순간이
얼마나 중요한 순간인지 깨달아
감사하며,
긍정적이고 적극적으로 생활할 수 있는 힘을 주기도 합니다.

그것은 고마운 일입니다.
그것은 다시없는 기회입니다.

그것이 바로 사색의 힘입니다.

잊고 있었던 능력들이 살아나
우리의 현실적인 삶을 전보다
충만하게 만들어 주는 것입니다.

역시 사색의 힘입니다.

그런 글이 담겨 있는 메일.
그런 힘이 담겨 있는 메일.

이 책은 바로 그간 발송된
'향기메일'의 컨텐츠 중에서
가장 순도 높고 완성도 높은 글만을 모아서 만든 책입니다.

삶을 사랑하고
현재에 충실하며
보다 나은 미래를 꿈꾸는
바로 당신을 위한 책이기도 합니다.

2.

사색과 독서는 두 개의 수레바퀴입니다.
독서 없는 사색은 독단에 빠지기 쉽고
사색 없는 독서는 지식의 과잉을 초래할 뿐입니다.

책을 통해 새로운 지식을 얻고
사색을 통하여 제 발로 서는 것이
올바른 사색일 거예요.

프랑스의 한 비평가는 이렇게 말한 적이 있답니다.

"모든 것은 변화한다. 지속되는 것은 아무것도 없다.
우리는 오직 지속적으로 변화하기 때문에 존재한다."

지속되는 것이
아무것도 없어서
영원한 것이 아무것도 없어서
그래서 슬픈 것이 아닙니다.
역으로 생각해 보자면
우리는 지속적으로 변하기 때문에
생생하게 살아갈 수 있습니다.

어렵고 힘든 우리의 삶도
변할 가능성이 있기에
아직 늦지 않았기에

희망이 있는 것입니다.

외로운 당신의 마음을
잘 알고 있습니디.
털어놓지 못한 슬픔이
거기 그렇게 고여 있다는 것도 알아요.
그러나 바로 거기서부터
당신의 삶을 다시 돌아보게 하는
시간이 펼쳐질 것입니다.

더욱 깊어진 당신을 만나고 싶습니다.

환한 기운으로 가득한 당신이라는 존재.

띵동.

지금 당신에게 '향기메일'이 도착했습니다.

3장 ··· 마음의 향기

: 어떤 마음을 남겨놓고 가시렵니까

4장 ··· 사랑의 향기

: 사랑은 밑지는 법이 없습니다

1장

··· 사람의 향기

: 얼굴은 거짓말을 하지 않습니다

세상에서
가장 먼 길

사랑이 머리에서 가슴으로 내려오는 데 칠십 년 걸렸다.
- 『김수환 추기경의 친전』 중에서

✿

세상엔 많은 길이 있습니다.

인생이란 그 많은 길을 따라 걸으며
저마다의 발자취를 남기는 여정이지요.
그런데 세상의 길뿐이 아니라
사람과 사람 사이에도 길이 있습니다.
마음의 길입니다.

그 길을 따라 가까워지기도 하고
때로는 멀어져서 다시 못 만나기도 합니다.

김수환 추기경은
인생에 있어서 가장 긴 여행은
머리에서 마음에 이르는 길이라고 했습니다.
머리로 생각한 사랑이 가슴에 이르는 데
칠십 년의 세월이 걸렸다고 한
김수환 추기경의 진솔한 고백.
마음으로 진실하게 사랑하는 일이 얼마나 어려운지
사랑의 마음을 어찌 간직해야 하는지
다시금 나를 돌아보게 합니다.

마음으로 난 길을 따라서
사랑을 실천하며 사는 일.
사람과 사람이 통하는 길.

그대와 내가
함께 걸어가는 이 길이
바로 그 길이었으면 좋겠습니다.

사람다운
행   동

인간이 호랑이를 죽일 때는
그것을 스포츠라고 한다.
호랑이가 인간을 죽일 때는
사람들은 그것을 재난이라고 한다.
범죄와 정의와의 차이도 이것과 비슷한 것이다.
– 조지 버나드 쇼

그러고 보면 우리가 말하는 정의는
전적으로 인간 중심적입니다.

만물의 영장이라고 일컫는 사람.

때로 정의라는 이름을 앞세워 행하는
절대 정의롭지 못한 행동을 봅니다.

과연 그만큼 인간이 위대한 것인지
가끔 의문이 들곤 합니다.

사람다운 행동이 무엇인지 생각해 봅니다.

하늘로 간

천 사

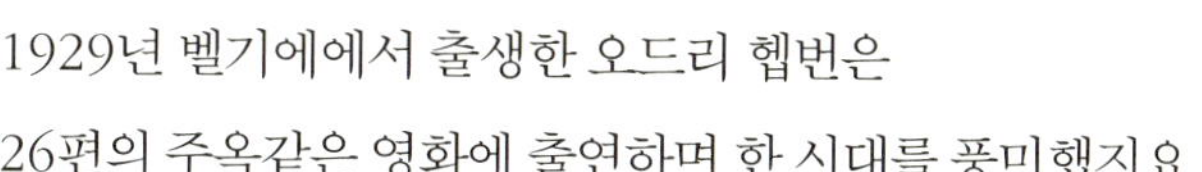

1929년 벨기에에서 출생한 오드리 헵번은
26편의 주옥같은 영화에 출연하며 한 시대를 풍미했지요.

「로마의 휴일」에서 짧게 자른 커트머리의 귀엽고 깜찍한 자태는
헵번스타일이란 유행을 창조했으며
「티파니에서 아침을」에서 창가에 앉아 부르던 「Moon River」는
강물을 타고 흐르는 달빛처럼 감미로웠습니다.

하지만 그 무엇보다도 그녀의 진정한 아름다움은
세상에 대한 헌신적인 사랑에 있었습니다.

은막에서 은퇴한 후

1988년 유니세프 친선대사로 임명되면서
그녀는 무관심 속에 고통 받는 아이들을 위해
모든 것을 바쳐 봉사했습니다.
대장암으로 세상을 떠난 지금에도 그녀의 유품은 거액에 팔려
생전에 돌보던 불우한 아이들을 위해 쓰이고 있습니다.

"두개의 손 중, 한 손은 너 자신을 돕는 손이고
다른 한 손은 다른 사람을 돕기 위한 손이란다."

이 말은 진정한 천사처럼 살다간 오드리 헵번이
숨을 거두며 아들에게 들려준 유언 중의 일부입니다.

사람의 얼굴

사람의 얼굴은 하나의 풍경이다.

한 권의 책이다.

얼굴은 결코 거짓말을 하지 않는다.

– 오노레 드 발자크

얼굴보다는

마음이 예뻐야 한다고 말합니다.

아주 당연한 말입니다.

그럼 마음이 예쁘면 얼굴도 예뻐질까요?

미의 기준이 어떤지 모르겠지만
분명한 건
친절을 베푸는 사람의 얼굴에는
친절이 담겨 있고
감사를 느끼는 사람의 얼굴엔 감사함이,
슬픔을 가진 사람의 얼굴엔 슬픔이,
그리고 행복한 사람의 얼굴엔
어떤 식으로든 행복이 담겨 있다는 거겠지요.

그렇게 만들어진 인상이
내 얼굴을 좌우하고
마침내 내 주위의 사람들에게까지
영향을 끼칩니다.

얼굴은 결코 거짓말을 하지 않습니다.

참을 수 없는

존재의 가벼움

묵직함은 진정 끔찍한 것이고,

가벼움은 아름다운 것일까?

짐이 무거우면 무거울수록,

우리 삶이 지상에 가까우면 가까울수록

우리의 삶은 보다 생생하고 진실해신다.

반면에 짐이 완전히 없다면

인간 존재는 공기보다 가벼워지고 날아가버려

지상적 존재로부터 멀어진 인간은

기껏해야 반쯤만 생생하고

그의 움직임은 자유롭다 못해 무의미해지고 만다.

그렇다면 무엇을 택할까?

묵직함, 아니면 가벼움?
- 밀란 쿤테라, 『참을 수 없는 존재의 가벼움』 중에서

인생의 깊이가 더해갈수록
어깨에 진 짐이 무겁습니다.

그러나 그 짐이 바로 당신을
진실한 생으로 인도할 거예요.

가벼워지지 않아서,
그래서 하늘로 날아갈 수 없어서,
지상에 두 발을 붙인 채 걸어가고 있는

당신을 사랑합니다.

사과꽃 향기

양쪽 말을
다 들어봐야

당사자가 둘이 있을 때
한쪽 말만 듣는 사람은
반쪽만 들은 것이다.
– 아이스킬로스

사람은 자신의 관점에서 말을 합니다.
그리고 자신이 유리한 쪽으로 말을 합니다.
우리 자신은 그것이 가장 합당하다고 생각합니다.
피할 수 없는 인간의 심연입니다.

바로 그렇기 때문에
진실을 알기 위해서는
양쪽 모두의 말을 들어봐야 합니다.

다른 한쪽의 형편을 알지 못하거나
그의 말을 듣지 못한 경우
그에게 불리한 결정을 내리거나
편견을 가질 수 있습니다.

한쪽 말만 듣고 섣불리 결정하거나
다른 상대편을 평가하지 말아야 하는 이유입니다.

반쪽이 아니라 양쪽을 들어야 하는 이유입니다.

풀

풀과의 싸움이다
명아주, 개비름, 쇠뜨기, 달개비가 극성이다

풀과의 싸움은
뙤약볕과의 싸움이며
끈질긴 인내를 시험당하는 나 자신과의 싸움이다

애시당초 풀과의 싸움이란 말을 쓴 것이 잘못이다
그렇다면!
– 고진하, 「달개비가 향기롭다」에서

밭을 맬 때, 잡초는 늘 골칫거리입니다.

뽑아도 독하게 살아나는 풀.
밟아도 다시 일어서는 풀.

하지만 풀에서 인생의 교훈을 얻습니다.

없애려고 하지 않고
함께 살기로 마음먹은 순간
풀과의 싸움은 그 의미가 달라집니다.

"풀과 함께 살기로 마음먹으며
 풀, 이란 말에 먼저 뺨을 비벼본다
 풀에 쿵쿵 코를 대본다"

인용한 고진하 시인의 시, 마지막 구절입니다.

누군가를 욕하고 미워하고, 힘을 겨루기보다는
어깨동무를 하고, 무엇보다도 함께,

사람들과 함께 살아가겠습니다.

수양버들의 노래

갓 구운 하루를

배달받았으니

아침에 일어나 파란 하늘을 본다.
너무나 많은 인생의 놀라움에
방금 배달된 갓 구운 스물네 시간에
두 손 모아 감사드린다.
해가 떠오르고 있다.
햇살로 목욕한 숲이 눈에 들어온다.
– 틱 낫한, 「갓 구운 스물네 시간」 중에서

말랑하고 따스한 하루를
감사히 써야겠다고 생각하는

아침.

이 아침
처음 만나는 사람에게
감사를 표시하려 합니다.

두 손 모아 당신에게 감사를 드립니다.

또 주어진 하루에 감사를 드립니다.

아이들은
사는 것을
배 운 다

만약 아이가 나무람 속에 자라면, 비난을 배운다.

만약 아이가 적개심 속에 자라면, 싸우는 것을 배운다.

만약 아이가 비웃음 속에 자라면, 부끄러움을 배운다.

만약 아이가 수치 속에서 자라면, 죄의식을 배운다.

만약 아이가 관대 속에서 자라면, 신뢰를 배운다.

만약 아이가 격려 속에서 자라면, 고마움을 배운다.

만약 아이가 공명함 속에서 자라면, 정의를 배운다.

만약 아이가 보호 속에서 자라면, 믿음을 배운다.

만약 아이가 인정 속에서 자라면, 자기 자신을 좋아하는 것을 배운다.

만약 아이가 받아들임과 우정 속에서 자라면, 세상에서 사랑을 배운다.

— 도로디 로놀트

다시 음미해도 새롭습니다.
비단 아이뿐 아니라
어른들의 관계도 이와 같지 않을까요.

관대와 격려와 공명정대함과 보호와 인정과 받아들임과 우정.

그 안에서 삶을 다시 배우고 싶습니다.

나　비　,
날아다니는
꽃잎 한 쌍

꽃잎 한 쌍이 나란히 날아다닌다.

날아오르던 꽃잎이 담 밑으로 날아간다.

노랑꽃 민들레가 시멘트 담벼락 틈에 끼여 있다.

하얀 꽃잎 두 쪽이 노랑 꽃잎에 앉아 부채질을 한다.

할 말이 끝났는가 하얀 꽃잎 한 쌍이 날아오른다.

– 유안진, 「나비, 날아다니는 꽃잎 한 쌍」 중에서

꽃잎으로 팔랑거리는

나비를 보며

신은 인간에게도

나비처럼
날개를 주시지 않았을까 생각해 봅니다.

땅의 욕심을 버리면
그보다 높은 땅 위를 얻고

땅 위의 욕심을 버리면
그보다 넓은 하늘도 얻게 되는.

다만
마음의 눈으로만
볼 수 있는
새털처럼 가볍고
투명한 날개.

당신에게도 그 날개가 있는지요?

안과 밖이
조 화 를
이루는 인생

외부를 바라보는 자는 꿈을 꾸고
내부를 바라보는 자는 깨어난다.
– 칼 구스타프 융

늘 동경하고 꿈을 꾸며
그것을 향해 모험을 시도하는 사람.

자신을 돌아보고 들여다보며
내가 누구인지 생각하는 사람.

그중 '나'는 어떤 부류에 속하는 사람일까요.

산다는 것은 내 자신에게만 갇혀 있을 수도,
밖으로만 향할 수도 없는 일,

안과 밖이 조화를 이루며 가는 것이
인생이겠지요.

누 름 돌

어쩌다 강가에 나갈 때면 어머니는
모나지 않은 고운 돌을 골라 정성껏 씻어 오셨다.

김치의 숨을 죽여 맛을 우려낼 누름돌이다.
산밭에서 돌아와 늦은 저녁 보리쌀을 갈아낼 확돌이다.
(······)
그런 누름돌 한 개 있어 오늘 같은 날
마음 꾹꾹 눌러 놓으면 좋으련만

– 김인호, 「누름돌」 중에서

스쳐가는 말 한 마디에도 상처받아
일어서는 마음을 추스르기 어려운 날은
송곳 같은 감정의 한쪽을 지그시 눌러 줄
어머니의 누름돌이 있었으면 좋겠습니다.

희생과 양보로 눌러
곰삭은 깊은 맛을 내는
누름돌 하나

그대는 품고 계시는지요.

가 족 의
힘

고맙고도 고마운 나의 사랑
너는 나의 삶을 계속해서 흔든다.
이 순간과 즐거움에 감사한다.
내 삶에 네가 들어온 것에 대해.
– 켈리 클라손

어느 순간 내 삶에 들어와
나와 함께하는 고마운 사람들.

가족이 그런 사람들이겠지요.

가깝다는 이유로 때로 투정하고
함부로 대하기도 하지만

그들이 있어 든든하고 따사롭습니다.

가족은 내가 살아가는 힘입니다.

친 구 는
나 무 와
같은 사람

친구는 나무와 같은 사람입니다.
봄에는 꽃을 피워 눈을 즐겁게 하고
여름에는 그늘을 드리워 땡볕을 피하게 하고
가을에는 열매를 맺어 수확하게 하지요.
이렇듯 친구는 제 가진 것들을 한없이 베풀되
그 대가를 바라지 않습니다.

– 장석주의 산문집 『새벽예찬』 중에서

좋은 것을 함께 나누고 아픔을 같이 아파해 주고
가는 길이 달라도 등 돌리지 않고

사랑일기-2

내 가는 길을 지켜보는 이.

그가 바로 친구입니다.

나이가 들어도 여전히
속 깊은 말을 나눌 수 있는
진정한 친구를 둔다는 것,
그것만으로도 당신은 부자입니다.

여 행 가 방

그때 잃어버린 여행가방은 영영 돌아오지 않았다.

만일 누가 그 가방을 연다면 더러운 속옷과 양말이

꾸역꾸역, 마치 죽은 짐승의 내장처럼 냄새를 풍기며

쏟아져 나올 것이다.

그러나 내가 정말 두려워해야 할 것은 이 육신이란

여행가방 안에 깃들었던 내 영혼을,

절대로 기만할 수 없는 엄정한 시선,

숨을 곳 없는 밝음 앞에 드러내는 순간이 아닐까.

– 박완서, 『잃어버린 여행가방』 중에서

매일매일 미지의 사람을 만나고 헤어지며
우리의 여행가방도 채워지고
비워지고 하면서 쌓여 갑니다.

훗날에는 결국 두고 가야 할 여행가방,
언제 잃어버려도 두렵지 않은,
작지만 따스한 사랑으로
가득 채우고 싶습니다.

매일의 여행에서 그대는
무엇을 담고 무엇을 버렸는지요.

밝음 속에서도 부끄럽지 않은 영혼을 갖고 살아가고 있는지요?

올 곧 은

사 람 이

그 립 다

차나무는 옮겨 심지 않는다.
스스로 죽어버리기 때문이다.
잎과 가지의 성깔이 제 자리가 아니면
고사枯死를 택하는 고사高士를 닮았다.
— 조정권, 「차나무」 중에서

이득이 된다면
의리를 저버리고 자리를 옮겨 앉거나
자신에게 불리하면 외면하고
기득권에 붙어 행세하려고 하는 세태.

정직하게 자기 소신껏 사는 사람들이
존경스러운 요즈음입니다.

차나무처럼 올곧은 사람이 그립습니다.

국 수 가

먹고 싶다

고향 장거리 길로
소 팔고 돌아오듯
뒷모습이 허전한 사람들과
국수가 먹고 싶다.

세상은 큰 잔칫집과 같아도
어느 곳에선가
늘 울고 싶은 사람들이 있어
마을의 문들은 닫히고
어둠의 허기 같은 저녁
눈물자국 때문에
속이 훤히 들여다보이는 사람들과

따뜻한 국수가 먹고 싶다.
- 이상국, 「국수가 먹고 싶다」 중에서

마음이 편안해지고
따스한 사람을 만나면
값비싼 음식보다는
시장 모퉁이 허름한 식당에서
국수를 먹고 싶습니다.

격식도 없이
예의도 없이 맛있게 후루룩 후루룩
먹다 보면
어느새 국수가닥처럼 이어져 있는 서로를 봅니다.

마음이 허전하고 외로운 날
그런 날은 더욱 그런 사람이,
함께 국수를 먹고 싶은 사람이
그리워집니다.

나 이 를
먹는다는 것

사람은 나이를 먹는 것이 아니라
좋은 포도주처럼 익는 것이다.

– 웬델 필립스

오래 저장된 포도주는
갓 저장한 포도주와는 비교할 수 없는
숙성된 맛과 향이 있습니다.

나이를 먹는다는 것은
그만큼의 이해와 사랑과

또한 포용력을 지니는 것입니다.

나이를 먹는다는 것은
늙어가는 것이 아니라
사람다움으로 깊게
익어가는 것입니다.

좋은 포도주처럼.

묵묵히 자신의
길을 걸어가는
사람들에게

인간은 세상에 나올 때 신으로부터
자신만의 달란트를 한 가지씩 부여받는다고 한다.
크게 두각을 나타내는 사람만이 훌륭한 게 아니다.
바늘로 할 수 있는 일을 큰 칼이 대신할 수 없듯
큰일을 하는 사람에 비해
작은 본분에 충실한 사람을 무시해서는 안 될 것이다.
— 박도영, 『비온 뒤 햇살이 더 눈부시다』 중에서

세상을 놀라게 할
공적을 세운다는 것

참으로 위대한 일입니다.

그러나 보이지 않는 곳에서
묵묵히 자신의 본분을 다하는
대다수의 사람들의
숨은 업적 또한 위대합니다.

누구 혼자의 힘으로
이루어지는 사회가 아닙니다.

세상에 어긋나지 않게
조용히 자신의 길을 가는
위대한 우리들에게

힘찬 응원을 보냅니다.

우리의 묵묵함이 이 세상을 만들어 왔습니다.

함께 있다

어떤 다른 것을 위해서 그대를 희생시킬 때
그대는 존경을 받게 되어 있다.
- B.S. 라즈니쉬

사리사욕을 줄이고
나를 희생하는 일은
존경받아 마땅합니다.

그러나
단체나 조직만을 우선시하고

나를 희생해야 하는 삶 또한
행복한 삶은 결코 아닙니다.
이렇게 얻는 존경은
자신의 작은 흠이라도 드러나면
순식간에 사라지는 특징이 있습니다.

그렇다고 그것을 두려워하지는 마세요.

타인의 잣대로 내 스스로를 측정하지 마세요.
내가 없이 남이 있는 것이 아닙니다.

나도 있고
더불어 그들도 함께 있는 것입니다.

자전거 타는
신 부 님

김하종 빈체시오 신부님은
이탈리아에서 한국으로 온 지 18년이 되었는데
10년 전부터는 성남에서 노숙자들에게 밥을 주는
무료급식소 '안나의 집'을 운영합니다.

겨울엔 새로 지은 '안나의 집'이 완성되어
더욱 기쁜 마음으로 밥을 푸고 있습니다.
청소년쉼터도 운영하고 있는 신부님은
바쁜 틈을 내어 자신만을 위한 취미생활도 합니다.

그의 취미는 자전거 타기입니다.

사랑일기

자전거동호회에서 신부님은 한국말 잘하는
외국인 친구일 뿐입니다.
다행히도 주말에 성당에서
미사를 집전해야 되는 위치가 아니므로
주말이면 동호회 회원들과 같이 자전거를 타고
순대국밥을 사 먹고 즐겁게 휴일을 보냅니다.

그리고 또 하루 400명분의 밥을 하는 힘을 냅니다.

아무리 위대한 역할을 맡은 사람이라도
모든 짐을 다 내려놓고
개인으로서의 나만을 위한 시간이 필요합니다.
일주일에 한 시간이라도 말입니다.

통 하 다

다른 사람의 속마음으로 들어가라.
그리고 다른 사람으로 하여금
당신의 속마음으로 들어오도록 하라.
– 아우렐리우스

마음으로 들어간다는 것은
서로 이미 통했다는 말이면서 동시에
통할 것 같은 예감을 지닌 말이기도 합니다.

통했다는 것은

느낌이 일치했다는 말입니다.
이는 내가 상대에게 진심을 보여 주었다는 의미이며
동시에 상대가 나를 받아들였다는 전제하에 가능한 말이겠지요.

소통이야말로 원활한 삶의 기본입니다.
인간관계에 따라 삶이 달라진다는 말도
그런 의미일 것입니다.

당신의 속마음으로 들어가서
당신이 나의 속마음으로 들어올 수 있다면!

내가 존재

한다는 것

살아야만 했어.

너나 나나.

뭣 때문이냐고?

아무것 때문에도 아니지.

그냥 파도처럼, 자갈처럼,

파도와 함께, 자갈돌들과 함께, 빛과 함께,

모든 것과 다 함께 살아야 했다고.

– 앙드레 도텔, 「인생의 어떤 노래」 중에서

때로 살아야 할 의미도, 이유도

의문스러울 때가 있습니다.

남은 잘 살고 있는데 유독 나만은 엉키고
생의 실마리가 보이지 않을 때가 있습니다.

그러나 내가 세상에 존재한다는
그 사실 하나만으로도
살아가야 하는 충분한 의미이며 이유가 됩니다.

내가 존재한다는 것만큼
소중한 것은 없습니다.

내가 존재해야만 의미 있는 세상입니다.

파도처럼,
자갈처럼,
그 자리에 있는 그것들처럼.

꿀벌이 박수를
받 는 이 유

꿀벌이 다른 곤충보다 존경받는 까닭은
부지런해서가 아니라 남을 위해 일하기 때문이다.
– R.M. 크리소스톰

어느 봄날
과수원으로 배꽃 구경을 갔다가
사다리를 놓고 올라가 꽃가루 작업을 하는 농부들을 보았습니다.
함부로 사용한 농약과 이 땅의 환경 변화 탓에
벌들의 숫자가 줄어
일일이 사람의 손으로 인공수분을 해주어야

좋은 열매를 얻을 수 있다고 했습니다.

꽃이 피면 벌들은 꿀을 모으기 위해
부지런히 꽃 속을 드나들며 꽃가루를 묻혀
이 꽃 저 꽃으로 옮깁니다.
벌들 덕분에 우리들은 달고 탐스러운 과일을 먹을 수 있습니다.
벌들이 사람을 위해 일부러 꽃가루를 옮기지는 않을 것입니다.
자신들의 양식인 꿀을 모으기 위해 꽃을 옮겨 다니다 보니
자연스레 그리 된 것이지요.

목숨 지닌 것들이라면 누구나 잘 살기 위해 노력합니다.
자신을 위한 일을 하며 남에게도 도움을 줄 수 있다면
그보다 더 좋은 일은 없겠지요.

꿀벌이 다른 곤충보다 존경받는 까닭은
자기를 위한 일이 남을 돕는 일로 연결되기 때문입니다.
하물며 사람은 어떨까요.
다른 사람을 배려하고 남을 위해 봉사하는 사람이
점점 늘어가는 세상이 되면 좋겠습니다.

인공수분 없이도
꽃과 열매가 풍성한 세상,
우리가 사는 땅도 그렇게 되었으면 좋겠습니다.

손에 대한
예   의

가장 먼저 어머니의 손에 입을 맞출 것
하늘 나는 새를 향해 손을 흔들 것
일 년에 한번쯤은 흰 눈송이를 두 손에 고이 받들 것
들녘에 어리는 봄의 햇살은 손 안에 살며시 쥐어볼 것
손바닥으로 풀잎의 뺨은 절대 때리지 말 것
장미의 목을 꺾지 말고 때로는 장미가시에 손가락을 찔릴 것
남을 향하거나 나를 향해서도 더 이상 손바닥을 비비지 말 것
손가락에 침을 묻혀가며 지폐를 헤아리지 말고
눈물은 손등으로 훔치지 말 것
손이 멀리 여행가방을 끌고 갈 때는 깊이 감사할 것
더 이상 손바닥에 못 박히지 말고 손에 피 묻히지 말고
손에 쥔 칼은 항상 바다에 버릴 것

손에 많은 것을 쥐고 있어도 한 손은 늘 비워둘 것
내 손이 먼저 빈 손이 되어 다른 사람의 손을 자주 잡을 것
- 정호승, 「손에 대한 예의」 부분

내가 손을 움직이는 게 아니라
손이 나를 만듭니다.

손에 대한 예의를
어떤 식으로 갖추고 사느냐에 따라서
삶이 달라집니다.

사랑하는 사람들을 위해 손을 바치고
아름다운 것을 손에 받아야 합니다.
남들을 아프게 하지 말고,
늘 따뜻해야 하는 손입니다.
비굴하지 말아야 할 손입니다.

그러나 손이 가장 고귀할 때는
어쩌면 비어 있을 때인지도 모릅니다.

그때야 비로소 누군가를 잡아 줄 수 있기 때문입니다.

'괜찮은 사람'을
위 한   기 도

받은 상처는 예리한 메스가 되어 가슴을 후벼 팠고
준 상처는 아둔하여 두루뭉술 기억이 없었습니다.
나 잘난 멋에 살아온 빈 껍데기였고
나의 관점이 진리라 고집했습니다.
남이 나를 칭찬할 때 그것이 나의 전부라 착각했고
남의 허물을 덮어 줄 내 안에 여백이 없었습니다.
나 가진 것 너무 많아 교만했고
나 받은 것 너무 많아 감사할 줄 몰랐습니다.

남을 미워한 것 때문에 내가 더 미웠고
내 것이라 아등바등할 때 가난해짐을 배웠습니다.
나를 부인할 때 내가 누구인지 보았고

내가 죽어야 산다는 것 알았습니다.

남을 인정할 때 부유하다는 것 알았고.

남이 존재할 때 내가 있음을 아는 지혜를 가졌습니다.

남이 아파할 때 어미의 가슴으로 눈물 품게 하시고

남이 쓰러질 때 일으켜 세우는 아비의 굳센 팔뚝 되게 하소서.

미움, 시기, 질투에서 까마득히 도망치게 하시고

서로 모자란 것 채우고 느슨한 바보가 되어 구겨진 세상 펴게 하소서.

– 오정혜 독자의 글, 「나의 싸움」 중에서

위 대 한
파 락 호

'파락호'란 행세하는 집의 자손으로서
허랑방탕한 사람을 이르는 말입니다.
혹자는 근대 조선의 3대 파락호로 흥선대원군 이하응,
형평사 운동의 투사였던 김남수, 그리고 학봉 종손인 김용환을 꼽습
니다.

학봉 김성일의 13대손인 김용환은 대대로 내려오던 전답 18만 평,
현재 시가로 약 180억 원을 모두 거덜낸 사람입니다.
그것도 모자라 외동딸의 혼수 장만 비용마저 들고 나갔으니
가히 최고의 난봉꾼이라 하겠지요.

그는 광복 이듬해인 1946년 세상을 떠났는데

그간 탕진했다고 믿었던 돈은
모두 만주 독립군에게 군자금으로
보내졌음이 알려져 수많은 사람들을 놀라게 했습니다.

파락호 행세는 왜경의 눈을 피하기 위한
철저한 위장술이었던 것이지요.

거금을 아낌없이 희사한 것도 경탄할 일이지만
주색잡기, 노름꾼 등 불명예스런 비난 속에서도
식구들에게조차 절대 함구한 의지력 또한 놀라울 따름입니다.

친 근 한
호   칭

"급구 – 주방 이모 구함"
자주 가는 고깃집에서 애타게 이모를 찾고 있다.
고모姑母는 아니고 반드시 이모姨母다.

언제부턴가 아줌마가 사라진 자리에
이모가 등장했다.
시장에서도, 음식점에서도, 병원에서도
이모가 대세다.
단군자손의 모계가 다 한 피로 섞여
외족, 처족이 되었다는 말인지
그러고 보니 두 동생들 집 어린 조카들도 모두
늙수그레한 육아도우미의 꽁무니를

이모 이모하며 따라다닌다.
이모姨母란 어머니의 여자 형제를 일컫는 말이니
분명 이모는 난데
이모二母, 이모異母, 이모易母?

– 이영혜, 「이모를 경배하라」 중에서

은근히 듣기 좋은 호칭이 있습니다.
가깝게 느껴지고, 차별하지 않는 느낌의 호칭이 그렇습니다.
친척이 아니면서도 친척 같은 말.
'이모'나 '삼촌' 등이 그렇습니다.

비록 이 말이 친족관계의 호칭에 혼란을 준다 해도
처음 보는 낯선 사람들이 서로 이런 호칭을 쓴다면,
더 가까워진 후에도 서로를 이런 호칭으로 계속 부를 수 있다면,
어쩐지 그 사람과 더욱 가까운 관계가 될 수 있을 것 같은
생각이 듭니다.

정이 들어 있어 살갑게 다가오는 우리말입니다.

가　　면

오랜 병을 앓았다.

꽃 같은 이름표를 달고
이름에 걸맞는 얼굴을 만들어 쓰고
이름이 요구하는 표정을 하고
이름값만큼의 병을 앓았다.

만들어 쓴 얼굴로
만들어 쓴 얼굴들과 어울려
맞물린 톱니바퀴처럼 맴을 돌았다.

– 유진, 「가면」 중에서

남이 바라보는 나로 살아간다는 것.
때로 형식적이고 위선으로 보여
거추장스럽다고,
다 부질없다고 느껴질 때가 있습니다.

자리가 사람을 만든다는 말은
이름이 사람을 만든다는 말로 바꾸어도 되겠지요.

임원이라서, 직원이라서, 사장이라서, 여자라서……
그 많은 이름에 부응하느라
병을 앓는 사람들이 많습니다.

참다운 나의 모습을 보여준다는 것
남이 아닌 내 시선으로 살아간다는 것은
어려운 일이기는 하지만 만약 그렇게만 된다면
커다란 자유로움을 느낄 수 있을 겁니다.

훌훌 가면을 벗어버리는 자유로움.

그러나 삶은 가면도, 맨얼굴도 필요합니다.
둘 사이에서 균형을 잡으며 살 수 있다면 좋겠습니다.

가 진 것 이

너무 많습니다

신선한 공기, 빛나는 태양,
맑은 물, 그리고
친구들의 사랑
이것만 있거든 낙심하지 마라.
- 괴테

가난하다고,
가진 것이 적어서 마음껏 누릴 수 없다고
때로 푸념하지만
둘러보면 가진 것이 너무나 많습니다.

사랑고백

건강한 신체가 있고,
밝은 웃음이 있고,
가족과 친구와 이웃이 있으니까요.

어깨 펴고 당당히 살라고
넓은 세상도 있습니다.

건강한 신체가 있고,

2장

··· 희망의 향기

: 다시 일어서는 당신이 아름답습니다

내 인생의
마지막 문장

나는 사는 동안 내가 할 수 있는 모든 것을 다했다.

– 조르주 퐁피두의 묘비명

프랑스 대통령을 지낸 조르주 퐁피두의 이 묘비명은
후회없는 최고의 인생을 살다 간 사람만이 적을 수 있는
인생의 마지막 문장이란 생각이 듭니다.

노벨상 수상 작가이자 극작가였던 버나드 쇼의
'우물쭈물 하다가 내 이럴 줄 알았다'는
인간적 회한이 담긴 묘비명과 비교하면 더욱 그렇습니다.

퐁피두의 묘비명은 약간은 오만하게까지 느껴지는
통쾌한 인생의 총결산이란 생각이 듭니다.

그저 부러울 뿐입니다.

하지만 이내 생각을 바꿔 봅니다.
내가 할 수 있는 모든 것을 다하기 위해
그는 얼마나 끊임없이 스스로를 변화시키고자 애썼던 걸까요.
얼마나 도전하고, 얼마나 노력한 사람만이 이런 묘비명을 쓸 수 있
는 걸까요.

당신은
인생의 마지막 문장을 무어라 쓰고 싶으신가요?

마부작침

磨 斧 作 針

마부작침磨斧作針

: 도끼를 갈아서 바늘을 만든다.

 어려운 일도 참고 노력하면 언젠가 성공한다.

 학문이나 일에 열심히 노력한다.

당나라 시인 이백李白은 촉 지방의 성도에서 자랐다.

그는 학문에 뜻을 두고 상의산象宜山에 들어가 공부를 했다.

그러나 도중에 싫증이 난 그는 산에서 내려와 집으로 돌아가고

있었다. 냇가에 이르자 한 노파가 바위에 대고 도끼를 열심히

문지르고 있어서 그 까닭을 물었다. 노파는 도끼를 갈아서

바늘을 만들려고 한다고 대답했다. 기가 막힌 이백이 반문했다.

“아무리 도끼를 간다고 해도 어떻게 바늘이 되겠어요?”
노파가 태연히 대꾸했다.
“도중에 그만두지 않고 열심히 계속해서 간다면 바늘이
되고야 말지.”
그 말에 이백은 크게 깨달았다. 그래서 집으로 가려던 생각을
버리고 다시 산으로 올라가 열심히 공부했다.
그리고 대성했다.
– 이동진, 『동서양의 고사성어』 중에서

흰 도화지에 점을 찍어서
그림을 그려 본 적이 있으신가요?

처음 한두 개 점으로는
전혀 알 수 없던 것이
갈수록 부분을 갖추고
완전한 형태가 보일 때
느끼는 성취감은 이루 말할 수 없습니다.

하나의 점에서 한 폭의 그림이 출발합니다.

도끼를 갈아서 바늘을 만드는 것만큼
어려운 과정을 겪어야 비로소 결실을 얻을 수 있겠지요.

기 차 는
일곱 시에
떠 나 네

잊으려고 하지 말아라. 생각을 많이 하렴.
아픈 일일수록 그렇게 해야 해.
생각하지 않으려고 하면 잊을 수도 없지.
무슨 일에든 바닥이 있지 않겠니?
언젠가는 발이 거기에 닿겠지.
그 때 탁 차고 솟아오르는 거야.

– 신경숙, 『기차는 일곱 시에 떠나네』 중에서

정말 일어날 수조차 없을 정도로 힘들 때
그럴 때만 가끔 해보는 생각입니다.

"이보다 더 나빠질 수 있겠어?
그러니까 앞으론 점점 더 나아질 거야."

바닥까지 가보는 일,
그 바닥을 치고 오르는 일.

어쩔 수 없이 그 상황에 처했을 때
인생을 살면서
한 번쯤 겪어봐도 좋을 경험이라고
생각해 버린다면
아무리 힘든 일도 견뎌낼 수 있지 않을까요.

차고 솟아오를
준비가 되었나요?

ON 스위치

찾 기

‘노no’를 거꾸로 쓰면
전진을 의미하는 ‘온on’이 된다.
모든 문제에는 반드시 문제를 푸는 열쇠가 있다.
끊임없이 생각하고 찾아내어라.
– 노먼 빈센트 필

그 일은 할 수 없다고
더 이상의 길이 없다고 생각할 때가 있습니다.

다시 한 번 돌아보세요.

고민에 갇혀서

포기하고 싶은 생각에 싸여서

방법이 없다고 느껴질 수도 있습니다.

엉킨 실타래도 공들이면 풀 수 있습니다.

NO는 언제든 ON이 될 수 있습니다.

날아가는 새는
뒤를 돌아보지
않 는 다

너의 노력이 인정받기를,

사람들이 네 재능을 발견하기를,

사람들이 네 사랑을 이해하기를 바라지 마라.

순환의 고리를 끊어야 한다.

하지만 그 이유가

자존심이나 무능이나 교만이어서는 안 된다.

네가 그 순환의 고리를 끊어야 하는 것은

그게 무엇이든

이젠 네 삶과는 맞지 않기 때문이다.

문을 닫아라.

다른 음악을 틀어라.

집을 청소하고 먼지를 털어내라.

지금까지의 너이기를 그만두라.
그리고
너 자신이 되라.

- 파울로 코엘료, 『오 자히르』 중에서

새로운 길 위에 서려면
어떻게 해야 할까요.

배낭을 비우고 다시 꾸려야 합니다.

과거와의 순환 고리를 끊지 않으면
결코 자유로워질 수 없습니다.
코엘료의 말처럼 그 이유가
자존심이나 무능無能이거나 교만이어서는 안 되지만
그것들을 떨쳐내야만 자유로워질 수 있는 것이니까요.

나를 바꿀 수 있는 건
타인이 아닙니다.
남이 인정해 줄 때까지 기다려서도 안 됩니다.

바로 나뿐입니다.
지금까지의 나이기를 그치고

진정 나와 맞는 삶을 다시 찾아야 합니다.

날아가는 새는 뒤돌아보지 않습니다.

노란 양귀비와 연인

절망은 희망의 다른 이름입니다

힘든 장애물에 부딪혀

넘어지고 실패하는 것은

결코 부끄러운 일이 아니다.

실패 역시

꿈에 속하는 것이기 때문이다.

– 라이너 M. 슈레더

지금 넘어지고 실패했다고 해서

희망이 없다고 생각하지 마세요.

포기하지 마세요.

지금의 실패는
희망으로 가기 위한 연습입니다.
절망 연습입니다.

아픈 만큼 단단해지는 것입니다.

절망은 희망의 다른 이름입니다.

우리는 지금 꿈을 향해 가고 있는 중입니다.

존 재 의
법 칙

창조 속의 모든 것은 그대의 내면에 존재하고,
그대의 내면에 있는 모든 것은 창조 속에 존재한다.
가장 작은 것으로부터 가장 큰 것에 이르기까지
만물은 동등한 것으로써 내면에 존재한다.
하나의 원자 속에서는 대지의 모든 요소들이 발견된다.
한 방울의 물 속에는 바다의 모든 비밀들이 담겨 있다.

— 칼릴 지브란

공원 의자에 앉아 문득 발 아래를 보면
개미들이 바쁘게 움직이는 모습이 보입니다.

비가 내리는 날에 비행기를 타고 가다 보면
창밖은 찬란한 햇빛으로 빛나고 있죠.

한 공간에 같이 존재하지만
다른 세상이 있군요.
사람의 마음에도
여러 세상이 있는 것 같아요.

그중 하나의 세상을 결정하는 것
바로 우리 자신입니다.

새 로 운
길

내를 건너서 숲으로
고개를 넘어서 마을로
어제도 가고 오늘도 갈
나의 길 새로운 길

민들레가 피고 까치가 날고
아가씨가 지나고 바람이 일고
나의 길은 언제나 새로운 길

    – 윤동주, 「새로운 길」 중에서

새로운 길은
기회와 위험이 공존합니다.

윤동주 시인은
죽는 날까지도 희망을 버리지
않았습니다.

오늘도 내일도
새로운 길은
우리에게 도전을 요구합니다.

그러나 이 길은
희망과 보람의 길입니다.

아름다운
욕　　망

이소영 씨는 선천성 백내장으로 네 차례나 수술을 받았으나
시각장애에서 벗어나지 못했습니다.

세상이 보이지 않아서인지 유난히 소리에 민감하여
어릴 때부터 음악에 천부적 재능을 보였지만
시각장애는 그녀에게 여러모로 걸림돌이자 아픔이었습니다.

소영 씨가 초등학교 2학년 때
아버지가 교통사고로 갑자기 세상을 떠나셨고
어머니의 사업은 번번이 실패를 거듭했으며,
정신지체를 앓는 언니까지 있어 살림은 더욱 어려워졌습니다.

봄

설상가상 소영씨는 대학 입시에도 낙방하여
온가족이 동반자살을 기도할 만큼 몸도 정신도 피폐해져 갔습니다.

그러나 음악에 대한 끝없는 열망을 등불삼아
죽을 각오로 공부를 한 결과,
이듬해 한 예술 대학의 지휘과에 수석으로 합격하며
이제는 희망을 연주하는 음악도가 되었습니다.
그녀는 이렇게 말했습니다.

"나에게 눈은 없지만…… 귀가 있더라구요."

나   를

사 랑 하 기

자기 자신을 싸구려 취급하는 사람은

타인에게도 역시 싸구려 취급을 받을 것이다.

– 윌리엄 헤즐릿

나를 가장 사랑하는 사람,

그는 바로 나 자신입니다.

나는 왜 이럴까,

왜 이깃밖에 안 되는 것일까, 라는 생각은

겸손이 아니라 자신을 비하하는 것입니다.

나는 이것도 할 수 있어,
정말 해낼 거야,
자신에게 매일 말을 걸어보세요.

내가 나를 존중하는 한
남의 인정도 자연스럽게 따라올 것입니다.

나 자신을 사랑하는 사람만이
남도 사랑할 수 있습니다.

희 망 의
새　　길

희망찬 사람은

그 자신이 희망이다

– 박노해, 「다시」 중에서

희망을 간직한 사람은

과거보다 행복한 미래를 위해

새 길을 선택합니다.

이 길은 희망의 길입니다.

희망을 가진 사람이 많아야
좋은 세상입니다.

희망의 새 길은

가난하고 절망한 사람들에게

용기를 주고 격려하며

그들과 동행하는 길입니다.

겸 손 한
영   웅

세계 최고봉 에베레스트를
인류 최초로 등정한 '에드먼드 힐러리' 경은
천신만고 끝에 전인미답의 처녀지 에베레스트 정상을
정복하고 내려왔습니다.
하지만 그가 가지고 내려온 사진에는
셀파인 '텐징 노르가이'만이
에베레스트 정상에 서 있었기에
그들 중 누가 먼저 정상을 밟았는가는
오랜 미스터리였습니다.

사실 그것은 힐러리 경의 배려였습니다.
자기 혼자만 영광을 독차지할 것이 분명하기에

그와 관심을 나눠 갖기 위한 침묵이었던 것입니다.

힐러리가 네팔을 찾은 것만 120회가 넘었고
아내와 딸을 잃은 것도 네팔여행 중 비행기 추락 때문이었으며
역시 등정에서 사고로 먼저 간 동료 모험가의 아내와 재혼하여
산악지대에 학교와 병원, 활주로를 세우는 등
자신에게 명성을 안겨준
네팔과 셰르파 부족을 위해 평생을 바쳐 보답하였습니다.

힐러리 경은 탐험가로서의 위대함은 물론
겸손함과 관대함으로 삶을 개척한 진정한 영웅이었습니다.

현명한 사람은

늘 준비한다

현명한 자는 기회를 찾을 뿐 아니라
더 많은 기회를 만든다.

— F. 베이컨

기회를 만든다는 것은
잔머리를 굴리거나 꾀를 써서
자기 욕심을 채우는 것을 뜻하지 않습니다.

꾸준히 자신을 다듬고 힘을 기르는 것입니다.

그리하여 때가 오면 자기의 실력을 발휘하는 것입니다.

현명한 사람은 늘 준비합니다.

먼저 실력을 다지십시오.
기회가 오면
자신을 마음껏 펼쳐 보십시오.

마늘처럼

맵   게

생각 없이 마늘을 찧다가
독한 놈이라고, 남의 눈에 들어가
눈물 쏙 빼내고 마는 놈이라고
욕하지 말았어야 했다.

단단한 알몸 하나 지키기 위해
얇은 투명막 하나로 버티며 살아온
너의 삶에 대해서도 생각했어야 했다.

– 길상호, 「마늘처럼 맵게」 중에서

독하면 독할수록 맛이 나는
마늘처럼
다져지고 으스러져도
제 독특한 맛을 버리지 않는
마늘처럼

어떤 시련에도, 어떤 유혹에도
내 자신을 지키고 내 본분을 잃지 않는 삶.

마늘처럼.

독하면 독할수록 맛이 나는

밥그릇을

위 하 여

나, 밥그릇
밥보다 많은 눈물이 찰랑거렸다

식술과 먹고 사는 일
짧은 개미다리로 바삐 뛰다가
땡볕에선 목마른 매미울음을 쏟았다
가끔 밖에서 받는 따뜻한 밥상머리에서는
순한 가시, 두 아들 목구멍에 딱 걸렸다
아직도 밥은 나의 천적이다

— 김현숙, 「밥그릇을 위하여」 중에서

전적으로 밥을 위하여
뛰는 것은 아니지만
결국 산다는 것이
밥을 위한 길이 되기도 합니다.
그 길이 고단하게 계속되면
내 자신이 눈물로 찰랑이는 그릇처럼 느껴지기도 하지요.
밥을 위해 견뎌내야 할 시간들은 점점 길어집니다.

그러다 문득,
종종걸음으로 뛰다가 문득.
허름한 식당에서
홀로 받은 밥상.

이 한 끼를 쉽게 넘기지 못합니다.
가족이 목에 걸려서겠지요.

하지만
오늘 마주한 따뜻한 밥 한 그릇,
나를 위하여 꼭꼭 씹어 넘기십시오.

오늘은 그냥 나를 위해서.

그런 날도 있어야 하는 겁니다.

지금은 달려야
할   때

바람이 불지 않을 때 바람개비를 돌리는 방법은
앞으로 달려가는 것이다.

– 데일 카네기

때가 되지 않았다고 안주하고
시대를 잘못 타고 태어나서라며
누군가를 원망해 보신 적이 있으신가요.

힘들게 바람개비를 만들어 언덕에 섰는데
돌아가지 않는다고 그저 막연히

바람을 기다리진 않는지요.

천천히 걷기보다는
아주 빠르게
달음질쳐 보세요.

당신이 먼저
바람을 찾아 나서 보세요.

소풍

가　슴
뛰는　삶

가슴 뛰는 일을 하라.
그것이 당신이 이 세상에 온 이유이자 목적이다.
그리고 그런 삶을 사는 것이 실제로 가능하다는 사실을
당신은 깨달을 필요가 있다.

– 다닐 앙카, 『가슴 뛰는 삶을 살아라』 중에서

살아가면서 많은 것을 얻고
또 더 많은 것을 잃어버리곤 합니다.
시간이 흐를수록 이러한 것에 너무 익숙해져
결국에는 결코 잃어버려서는 안 되는 것들도

쉽게 잃어버리게 되어
다람쥐 쳇바퀴 돌 듯
의미없이 살아가는 자신의 모습을 발견하곤 합니다.

우리의 꿈은 어디에 있을까요?

판단이 어려울 때
가장 손쉽게 알아내는 방법이 있습니다.

어떤 일을 상상하거나
직접 하려고 할 때
작은 흥분과 기대감으로 가슴이 뛴다면
바로 그곳에 우리의 꿈이 있을 확률이 높습니다.

행복은 우리 자신이 선택하는 겁니다.

다시 일어서는 당신이 아름답습니다

난 언제나 걸어갈 것입니다.
그러면 부딪칠 것입니다.
반드시 무엇에 부딪칠 것입니다.
만일 사람이 형과 같이 안일하게 산다면
그건 사는 게 아니고 죽은 겁니다.
역사는 없는 겁니다.

– 박경리, 『김약국의 딸들』 중에서

무슨 일이든 하지 않는 사람은
부딪치는 일도 넘어지는 일도 없겠지요.

그러나 한 번 넘어지고
다시 일어나서 보는 세상은
넘어지기 전의 모습과는 다르다는 것을
넘어져 본 사람은 알게 됩니다.

좀 더 넓게 주위를 돌아보는 눈을 가지게 되고
구름과 소나기에도 대처할 힘이 생깁니다.

그런 후에 만나는 햇살이
더없이 아름답다는 것도 알게 됩니다.

그래요.
우린 언제나 걸어갈 겁니다.

살아 있으니까요.

당신을
믿습니다

당신이 비록 지금은 어둡고
좁은 길을 걷고 있다고 하더라도
나는 당신을 걱정하지 않습니다.
당신의 발로 당신의 삶을 지탱하고 있는 한
언젠가는 넓은 길 넓은 바다를 만날 것을 믿고 있습니다.
드높은 삶을 '예비'하는 진정한 '합격자'가 되리라고
믿고 있습니다. 그리고 그 길의 어디쯤에서
당신과 만날 수 있기를 기대합니다.

– 신영복, 『나무야 나무야』 중에서

넘어진 당신에게
큰 손 내밀어 잡아 줄 수 없어도
근사한 어떤 말로 용기를 북돋워 줄 수 없어도
흔들리지 않는 신념 같은 믿음이 있습니다.

지금 당신은 넘어진 것이 아니라

잠시 쉬어가는 것이라고

그리하여 다시 일어나
언젠가는 숲에서 나와
큰 길에 우뚝 선 당신을
만날 수 있으리라는 믿음이 있습니다.

"만나고 싶습니다, 당신."

이 말은
당신을 끝까지 믿는다는 뜻입니다.

무 엇 이 든

최고가 되어라

언덕 위의 소나무가 될 수 없다면
골짜기의 관목이 되어라. 그러나
시냇가의 제일 좋은 관목이 되어라.
나무가 될 수 없다면 덤불이 되어라.

덤불이 될 수 없다면 풀 한 포기가 되어라.
그래서 어떤 고속도로를 더욱 즐겁게 만들어라.
모두가 다 선장이 될 수 없고 선원도 있어야 한다.
누구에게나 여기서 할 일은 있다.

고속도로가 될 수 없다면 오솔길이 되어라.
태양이 될 수 없다면 별이 되어라.

네가 이기고 지는 것은 크기에 달려 있지 않다.
무엇이든 최고가 되어라!

- 더글라스 멜록, 「무엇이든 최고가 되어라」 중에서

만약 우리 몸 중 머리만 있다면
어찌 몸이 제 구실을 할 수 있을까요.

어느 한 부분 필요하지 않은 것이 없고,
중요하지 않은 것이 없듯
누구에게나 지금 이곳에서 할 일이 있습니다.

내가 하는 일이 지금 이 순간 가장 중요한 일입니다.

주어진 일에 최선을 다하는 삶이 최고로 가는 길입니다.

용 기 는

힘의 입김이다

희망이 도망치더라도 용기를 놓쳐서는 안 된다.
희망은 때때로 우리를 속이지만,
용기는 힘의 입김이기 때문이다.
– 부데루붸그

꿈을 가진다는 것, 희망을 품는다는 것은
우리가 살아가는 동기를 부여해 줍니다.

희망대로 이루어지는 삶이란 더없이 좋지요.
그러나 간혹 희망과는 달리

결과를 제대로 얻지 못할 때도 있습니다.
그렇다고 모든 것이 사라진 것은 아닙니다.

다시 일어설 수 있다는 용기를 가지십시오.
희망이 우리를 속일지라도
다시 용기를 내어 도전해 보세요.

용기가 우리 힘의 입김입니다.

내가 나를

이기는 것

인간 최대의 승리는 내가 나를 이기는 것이다.

– 플라톤

남을 이기려면
상대방보다 강한 힘을 기르면 됩니다.
그러나 내가 나를 이기기 위해서는
보이지 않는 내 안의 많은 것들과 싸워 이겨내야 합니다.
거짓된 나와 싸우고,
게으르고 방만한 나와 싸우고,
나약한 나와 싸워서

이 싸움에서 이겨내야만 강자가 될 수 있습니다.

그만큼 엄청나게 힘든 일입니다.

험난한 인생의 길.
나의 적은 밖에만 있는 것이 아니라
내 안에 더 많이 있습니다.

자기와 싸워 이기는 사람이 인생의 진정한 승자입니다.

이 상 과
현   실

옛날에 성격과 가치관이 판이한 두 형제가 살고 있었습니다.
어느 날 형은 도인이 되겠다며 홀연히 집을 떠나 버렸고
동생은 장사를 하며 부모를 부양하였습니다.

십 년이 지난 후 형은 집으로 돌아와 동생의 가게를 둘러보며 물었
지요.
"지난 세월 동안 이룬 것이 고작 이것이냐?"
"그러한 형은 대체 무엇을 이루었소?"

형은 축지법을 터득했다며 장소를 일러주고
순식간에 몇 킬로를 달려가 버렸습니다.

노란 양귀비

얼마 후 택시를 타고 쫓아온 동생은 형에게 말했습니다.
"고작 몇천 원 주면 어디든지 갈 수 있는데
이것을 위해 십 년의 세월을 낭비했단 말이오?"

이상을 추구하느냐 현실을 충실히 살아가느냐
이것은 끊임없는 인생의 딜레마이며
어느 것에 가치를 더 둘 것인지는
바로 우리의 선택입니다.

그대 앞에
봄이 있다

우리 살아가는 일 속에
파도치는 날 바람 부는 날이
어디 한두 번이랴

사랑하는 이여
상처받지 않은 사랑이 어디 있으랴
추운 겨울 다 지내고
꽃필 차례가 바로 그대 앞에 있다.

– 김종해, 「그대 앞에 봄이 있다」 중에서

살아가면서
파도치는 날과
바람 부는 날이
얼마나 많은가요.
상처받지 않은 날이
얼마나 되던가요.

그런 날은
잠시 인내의 닻으로
견뎌 보십시오.

추운 겨울 다 지나면
언젠가는 봄이 옵니다.
꽃 피고 새가 노래하는 그날,

희망 그득 실은
만선의 기쁨을 맞이할 수 있습니다.

카이로스와의

조   우

어떤 일을 성공적으로 이루고자 할 때
적절한 시기와 상황이 주어져야 하며
이것이 승패를 가름하는 요인입니다.

희랍신화에 나오는 '기회의 신' 카이로스는
우화적인 형상으로 우리에게 교훈을 줍니다.

그는 눈이 보이지 않지만
양손에는 칼과 저울을 들고 있어
기회라고 생각될 때
그 옳고 그름을 판단하고 냉철한 결단을 내리도록 하지요.

하지만 어깨에는 커다란 날개가 있고
두 발에는 보조 날개가 있기에
우물쭈물 망설임이 길어지면
가차 없이 네 개의 엔진을 가동하여
순식간에 날아가 버립니다.

또한 앞머리는 무성하여
앞에서는 쉽게 움켜쥘 수 있어도
뒷머리는 한 오라기도 움켜쥘 수 없는 민머리로서
한 번 지나가면 다시는 돌이킬 수가 없다고 합니다.

지금 이 시간,
기회의 신은 바람처럼
우리의 곁을 스쳐 가고 있는지도 모릅니다.

가버린 시간은

영원히 돌아

오지 않는다

인간은 항상 시간이 모자란다고 불평을 하면서도
마치 시간이 무한정 있는 것처럼 행동한다.
– 세네카

석시여금惜時如金이라 했습니다.
시간을 금과 같이 아끼라는 뜻입니다.

시간은 남에게 빌려줄 수도 없고
빌려 쓸 수도 없습니다.
돈으로 살 수도 없고 팔 수도 없습니다.

누구에게나 똑같이
스물네 시간이 주어집니다.
주어진 시간을 얼마나 효율적으로
내 것으로 만드느냐에 따라
인생의 성패가 달려 있습니다.

한 번 가버린 시간은 영원히 돌아오지 않습니다.

홀로 빛깔이
달 라 도

붉고 탐스런 넝쿨장미가 만발한 오월,
그 틈에 수줍게 내민 작고 흰 입술을 보고서야
그중 한 포기가 찔레인 줄을 알았습니다.
그토록 오랜 세월, 얼크러설크러졌으면
슬쩍 붉은 듯 흰 듯 잡종 장미를 내밀 법도 하건만
제가 피워야 할 빛깔을 기억하고 있었습니다.

꽃잎은 진 지 오래되었지만,
찔레넝쿨 가시가 아프게 살을 파고듭니다.
여럿 중에 너 홀로 빛깔이 달라도
너는 네 말을 할 수 있겠느냐고.

– 반칠환, 「장미와 찔레」 중에서

여럿 중에 홀로 빛깔이 다르면
손해를 보거나 따돌림을 받는다고,
그동안 늘
그들과 같은 색인 듯 행동했습니다.
그뿐만이 아닙니다.
다른 빛깔을 가진 이들을 흉보거나 멀리 했습니다.

홀로 빛깔이 다르다는 것,
할 말을 한다는 것이
진정 용기가 필요한 행동임을 알면서도.

그들의 용기를 흉내조차 내지 못하면서도.

새로운 일을 시작하는 사람은 외롭습니다.
누구도 가지 않은 길을 가려는
용기가 필요하기 때문입니다.
아무도 가지 않은 길을 가기에
누구도 알아주지 않기 때문입니다.
분명한 것은
지금 당신이 외롭다면
당신의 도전은 벌써 반쯤 성공했다는 사실입니다.

자신이 하는

일에 열중할 때

사람이 자신이 하는 일에 열중할 때 행복은 자연히 따라온다.
무슨 일이든 지금 하고 있는 일에 몰두하라.
그것이 위대한 일인지 아닌지는 생각하지 말고,
방을 청소할 때는 완전히 청소에 몰두하고,
요리할 때는 거기에만 몰두하라.
– 오쇼 라즈니쉬

몇 가지 일을 동시에 하지는 못해도
어떤 한 가지 일을 하는 것,
그건 누구나 할 수 있습니다.

그러나 결실을 이루려 끊임없이 노력하는 것.
마침내 그 끝을 보는 것.
나의 모든 심혈을 기울여 하나의 완성품을 만드는 것.
그건 쉽지 않은 일이지요.

나의 결실과 완성품이
세상의 한 사람에게라도 유용하게 쓰인다면
가슴이 뿌듯한 마음으로 가득 찰 것입니다.

행복입니다.

그 행복을 느끼면서
그 행복을 위해 달려가는 것입니다.

모든 위대한 일은
그렇게 이루어집니다.

모든 일이

제 속도로

마음아, 내 마음아
천천히, 천천히!
서두르지 말자
모든 일이 제 속도로
이루어진다.

정원사가 물을
백 바가지씩
날마다 줘도
열매는 제때가 되어야
비로소 맺히는 법.

– 카르비, 노래 「모든 일이 제 속도로」 중에서

서둘러서 될 일이 아니라는 것을 알면서도
조급함에 여유 없는 마음을
드러낼 때가 있습니다.

한 발 물러나 앉으면 모든 것은
순서가 있고 다 때가 있음이 보입니다.
일에서나 사람의 마음에서나

천천히 그러나 꾸준히 노력한다면 반드시
달콤한 열매는 기다리고 있을 것입니다.

첫　마음

1월 1일 아침에 세수하면서 먹은
첫 마음으로 1년을 산다면,

첫 출근하는 날
신발 끈을 매면서 먹은 마음으로
일을 한다면,

이 사람은 그때가 언제이든
늘 새 마음이기 때문에
바다로 향하는 냇물처럼
날마다가 새로우며 깊어지며 넓어진다.

— 정채봉, 『내 가슴 속 램프』 중에서

연인의 달

초심은 새 마음입니다.
느슨해지거든
항상 첫 마음을 떠올려 보세요.

첫 마음.

그 출발선상에 서 있던
당신의 모습과 다시 만나 보세요.

희망의 길이 보일 거예요.
신발 끈 고쳐 묶고
다시 일어설 힘이 생길 것입니다.

3장

...마음의 향기

: 어떤 마음을 남겨놓고 가시렵니까

바람이 부니까
우는 것이다

추녀 끝에 풍경은 바람이 불지 않으면 울지 않는다.
－『채근담』 중에서

고즈넉한 산사에서 듣는 풍경 소리는
우리 마음의 티끌을 씻어 줍니다.
그 아름다운 소리를 내는 풍경도
바람이 불지 않으면 소리를 내지 않습니다.
그래서 어느 시인은
'스치는 것들이 소리를 낸다'고 말하기도 했지요.

흐르는 물도 바위 절벽을 만나야
아름다운 폭포가 되고
석양도 구름을 만나야 붉은 노을이 됩니다.

살아가다 보면
때때로 힘든 일이 있게 마련입니다.
풍경이 바람을 만나야 아름다운 소리를 내듯
인생의 참된 즐거움도
역경과 고난을 만난 뒤라야
비로소 제대로 느끼게 되는 것입니다.

지금 우리가 내는 울음소리는
우리가 좋은 방향으로 변하고 있다는 신호입니다.

사람의 마음은

자석과 같아서

사람의 마음은 자석과 같아서
생각하는 것을 끌어당기는 힘을 가진다.
원하는 것을 끊임없이 생각하고 또 생각하라.
그렇게 하면 그대로 이룰 것이다.

– 앤드류 매튜스

자신이 좋아하는 음식을 열 번 부르면
힘이 세진다는 이야기가 있더군요.

살다 보면 그와 비슷하게

사랑하는 사람을 생각하는 것만으로
힘든 것이 사라지는 경우도 있습니다.

자신이 바라는 것이 있다면
매일 아침 일어나 말해 보세요.

설령 바로 그 자리에서 이루어지진 않는다 해도
분명 당신의 마음에 힘을 줄 것입니다.

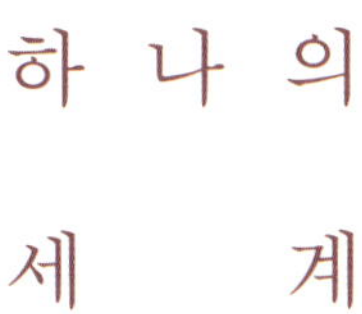

하나의 세계

새는 알 속에서 빠져나오려고 싸운다.
알은 세계이다.
태어나기를 원하는 자는
하나의 세계를 파괴하지 않으면 안 된다.

- 헤르만 헤세

혼돈을 파괴하고
개벽이 탄생하듯이
새로운 세계를 얻기 위해서는
벽을 부숴야 합니다.

한계라는 벽을.

불새가
새 생명을 얻기 위해
자신을 불사르듯이
새로운 것을 얻기 위해서는
반드시 희생이 따릅니다.
피할 수 없는 조건입니다.

하나를 얻기 위해서는
하나를 버릴 수 있는 마음이 필요합니다.

고 독 한
거 인

알프레드 노벨은 다이너마이트를 발명하여
엄청난 부와 명성을 얻었습니다.
그는 유명한 사업가가 되었지만
개인적인 인생으로 보자면 결코 행복하지 않았습니다.

평생을 독신으로 살았던 그는 한때 자신의 비서였던
베르타 본 주트너를 열렬히 사랑했지만 그 뜻을 이루지 못했으며
다이너마이트가 전쟁을 종식시키기를 바랐지만
오히려 파괴의 선봉에 서고 말았습니다.

어느 날 동생의 죽음을 노벨로 오해한 한 신문의
"죽음의 상인, 노벨 사망" 기사를 보고 그는 크게 낙심하였습니다.

결국 노벨은 고독한 은둔자로 살다가
1895년 쓸쓸히 최후를 마치면서
인류를 번성시킬 큰 업적을 기리는 권위 있는 상을
제정하라고 유언을 남겼습니다.

그것이 바로 '노벨상'입니다.

그는 평생 오명을 뒤집어쓰고
고독한 거인으로 살았지만
자기 한계를 깨달은 뒤에는
비로소 죽은 뒤의 자기 삶을
완전히 다른 이름으로 기억하도록 하는 데 성공했습니다.

바로 인류, 희망, 사랑, 평화라는 가치입니다.

방관자 효과

1964년 3월 13일, 미국 뉴욕의 사람이 많은 거리에서
한 여자가 죽음에 이르는 사건이 일어났습니다.
목격자가 38명이나 되었음에도 불구하고 단 한 명도 수화기를
들지 않았다는 사실은 당시 뉴욕을 큰 충격에 빠뜨렸습니다.

이에 관심을 가진 두 심리학자가
목격자들의 기이한 행동을 조사하기 시작했습니다.
'방관자 효과'라 이름 지어진 이 이론에 의하면
주위에 사람이 많을수록
어려움에 처한 사람을 도와줄 확률이 낮아지고
도와준다 하더라도 행동으로 옮기기까지
시간이 오래 걸린다고 합니다.

'이렇게 사람이 많은데 나 말고도 도와줄 사람이 있겠지' 하는
심리인 것이지요.

누군가를 돕는다는 것에는 분명 '능력'이 필요합니다.
신체적, 경제적, 지적 능력을 갖춘 사람이라면
더욱 효과적인 도움을 줄 수 있겠지요.
그러나 능력보다 중요한 것은 '마음'과
그 마음을 실천할 수 있는 '용기'가 아닐까요?

이 세상은 능력 있는 사람보다
용기 있는 사람을 더 필요로 합니다.

작은 용기가 때로 사람을 구하고
이 세상을 좀 더 나은 곳으로 바꿀 수 있습니다.

웃 어 보 세 요

가장 황량한 날이란 한 번도 웃지 않은 날이다.

— 세비스티앙 샹포르

최근의 며칠을 한 번 되짚어 보세요.
유난히 웃음이 많은 날들이었나요, 아니면
주변 사람들에게 몹시 화를 내거나
못마땅한 얼굴로 찡그리는 날이었나요.

나를 다스리지 못해 화가 나거나
주변의 일들로 못마땅하다면

희망노래

일부러라도 웃어 보면 어떨까요?

복이 왔기에 웃는 것이 아니라
웃으면 복이 온다고 했습니다.

웃음은 행복에 푹 젖게 하는 묘약입니다.

따 시 딸 레

지상에서 가장 험난한 지역을 이어주는
차마고도와 소금루트.
가장 길고 가장 가파르고 가장 높은 길.
이 길의 역사 위에는 히말라야에 기대 사는 사람들의
삶의 원형질이 새겨져 있다.

좁고 가파른 길, 지금 이 순간에도 그들은
고단하지만 행복한 삶을 이어가고 있는 것이다.
모든 여정과 거래를 끝낸 그들이 활짝 웃는다.

"따시딸레!"
– 다큐멘터리, 「차마고도– 지상에서 가장 먼 길」 중에서

살아가면서 우리는
유난히 길고, 가파르고,
높은 길을 만나기도 합니다.

그러나 묵묵히 가다 보면
언젠가는 삶의 정점에 서게 됩니다.

그런 당신에게,
우리들에게,
힘찬 응원을 보냅니다.

"따시딸레!"(그대의 행운을 기원합니다)

사전 예방이

중 요 해

"손님이 바닥에 쓰레기를 버리지 않게 하려면
어떻게 해야 할까요?"
그가 묻자 직원이 대답했다.
"그러면 우리가 할 일이 없어지는 거 아닙니까?"
그러자 그는 상상을 초월하는 해답을 제시했다.
"손님이 바닥에 쓰레기를 버리지 않게 하려면
청소를 하면 됩니다.
쓰레기를 바닥에 버리는 건 버려도 되는 환경을
우리가 만들었기 때문이니까요."
— 가마타 히로시, 『내가 하는 일 가슴 설레는 일』 중에서

청소는 더러워졌기 때문에 하는 것이 아니라
더러워지지 않도록 하는 것이랍니다.

더럽힐 수 없을 정도로 깨끗이 하면
버리는 걸 주저하게 된다는 글을 읽으며
항상 사후수습에만 길들여진 습관을 돌아봅니다.

그러지 않으려고 해도
일이 벌어진 후에야 대책을 세우는 일이 허다합니다.

먼저 그런 일이 일어나지 않도록 신경을 쓰고,
그런 환경을 만들어 주는 일이 우선입니다.

흔들린다는

것

세상에 흔들리는 것이 어디 너희뿐이겠는가.

정에 흔들리고, 이해에 흔들리고, 두려움에 흔들리고,

또 때로는 회의와 외로움에 자주 흔들리나니,

그 참담한 통한의 아픔을 통해서 모든 아름다운 눈물들이

다시 꽃으로 피어나는 것을.

사랑이란, 진실이란, 죽어서 굳어버린 관념이 아니라

살아서 흔들리며 늘 아파하는 상처인 것을.

– 손광성, 「겨울 갈대밭에서」 중에서

오로지

앞만 보며 곧장 갈 수 있는 삶이라면
이런저런 아픔도 회한도 적을 것입니다.

그러나
조금씩 흔들리며 가는 것이 삶이겠지요.
갈대가 흔들리듯이.
살아 흔들리며, 상처로 아파하며.

제자리로 돌아와 자신을 가다듬기도 하면서요.

세상에 흔들리는 것이 우리만은 아닙니다.

새들은 모래를

삼   킨   다

새들은 먹이를 소화하기 위해 모래를 먹는다.
인간도 새들처럼, 제 육신 안에 깃든
미움이나 분노, 원망 같은 것들에 갇히지 말고
모래를 삼키는 새처럼 삼켜야 자유로워진다.
누구나 제 몫의 모래를 삼켜야 하는 것이
인생이리라.

– 서기향, 『새들은 모래를 삼킨다』 중에서

새들은 모래나 작은 돌을 삼켜 먹이를 부순다고 하지요.
우리들은 살아가면서 기쁨과 행복도 만나지만

때로 근심과 슬픔과 미움을 만나기도 하지요.

그러나 그런 것들도 스스로 삭여야 할 때가 있습니다.

그 과정에서 많은 어려움과 갈등을 겪지만
아픔을 견뎌낸 후에야
비로소 자유로워지고 성숙해지는 것이겠지요.

누구나 제 몫의 모래를 삼켜야 합니다.

불행이 찾아
왔 을   때

당신이 가장 불행할 때
세상에는 당신이 해야 할 일이
뭔가 있다고 믿으라.
당신이 다른 사람의
고통을 덜어 줄 수 있는 한
인생은 실패하지 않는다.
— 헬렌 켈러

살다 보면 간혹 불행이 찾아옵니다.

불행은 인생길에 만나는
한 장애물에 불과합니다.

그러나 절망감에 좌절하면
재기의 기회는 찾아오지 않습니다.

나보다 낮은 곳에 있는 사람들을 위해
내 몸을 움직이다 보면 어쩐지 그 일이 끝난 뒤에는
위로를 받고 용기를 얻을 때가 있습니다.

사람과 사람이
서로 좋은 영향을 주고받으면서
살아간다는 것을 배우기 때문입니다.

우리가 누군가를 도울 수 있는 한
우리 인생은 실패한 것이 아닙니다.

베풂에도 연습이 필요하다

베풂은 기술이다.
그러므로 연습이 필요하다.
다른 사람과 나누지 않는다면
당신이 가진 물질적, 정서적 소유물은
아무런 소용이 없다.

– 마크 샌번, 『평사원 리더』 중에서

나눔의 실천은
어려운 일입니다.

베풂도 기술이며
연습이 필요하다는 말을
되새김질하여 봅니다.

오늘 여러분도 이 말을
가슴에 살포시 넣고
작은 베풂을 실천해 보세요.

나눔의 기쁨이 가슴에서
머리로 전달되어
영혼이 맑아질 것입니다.

무 엇 을
남 겨 놓 고
가 시 렵 니 까

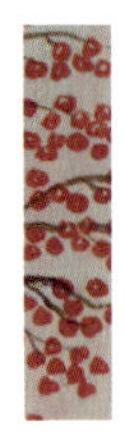

어느 날 죽음의 신이 찾아와

당신의 문을 두드릴 때

빈손으로 그를 돌려보내서는 안 된다.

내가 이룩한 소중한 업적을 생명의 광주리 속에 가득 담아서

죽음의 신 앞에 내어놓아야 한다.

죽음의 신이 아무 예고도 없이 어느 날 갑자기 찾아와

나의 문을 노크할 때

나는 일생 동안 내가 이룩한 활동의 유산을

죽음의 신 앞에 바쳐야 한다.

그를 빈손으로 돌려보낸다는 것은 부끄러운 일이다.

－ 타고르, 「기탄잘리」 중에서

세상에 올 때 우리는 모두 빈손이었습니다.
그러나 갈 때는 무엇인가 남겨놓아야 합니다.

그렇다고 거대한 업적을 남겨야만 하는 것은 아닙니다.

내 지난 발자취, 내가 모범으로 삶을 산 흔적은
후세의 누군가에게 귀감이 될 것입니다.
그로 인해
또 누군가는 나를 기억해 주기도 할 것입니다.

무엇을 남겨놓고 가시렵니까.

삶을 돌아보게 만드는 무겁고도 엄중한 질문입니다.

청춘이란

청춘이란

인생의 어느 기간을 말하는 것이 아니라

마음의 상태를 말한다.

때로는 이십의 청년보다

육십이 된 사람에게 청춘이 있다.

세월은 주름살을 늘게 하지만

열정을 가진 마음을 시들게 하지는 못한다.

– 사무엘 울만

불의를 용납하지 않는 용기와

불가능에 도전하는 모험심과
막 길어 올린 샘물 같은 생각의 신선함.
그것이 바로 청춘입니다.

육체가 아무리 젊다 해도
용기와 모험심과 열정이 없다면
청춘이라 할 수 없겠지요.

나이를 먹는다고 늙는 것이 아닙니다.

꿈과 이상이 없을 때 늙는 것입니다.

열정을 가진 마음으로, 시들지 않는 삶을 살고 싶습니다.

연인

진 정 한
벗

번영은 벗을 만들고, 역경은 벗을 시험한다.
– 페블릴리우스 시루스

"잘 나갈 때 함께 즐거워하고 함께 웃음을 나누던 사람들,
막상 어려움에 처하면 다 떠나가고 없더라."
살아가면서 이런 말을 듣는 경우가 있습니다.

곁에 많던 그 사람들, 진정 나를 좋아한 것이 아니라
내 조건을 좋아한 것이라고 합니다.
내가 어려울 때 끝까지 곁에 남은 이가

진정한 벗이라고 말들을 합니다.

그러나 아닐 겁니다.
사람 마음이 그렇게 간사하지만은 않을 겁니다.
떠난 사람도 그만한 사정이 있을 겁니다.

우정을 시험한다는 것이 비극입니다.
누구도 시험하지 않는
평탄한 삶의 연속이기를 바랄 뿐이지만
때로 의도치 않은 변화가 사람을 시험하기도 합니다.
그것은 분명한 사실입니다.

시련과 역경에도 나를 떠나지 않을 벗이
당신에게도 있습니까, 라는 질문 대신
시련과 역경, 그 어떤 변화에도
당신은 누군가에게 충실한 벗이 되어 줄 수 있습니까, 라고
묻고 싶습니다.

<h1 style="text-align:center">세 월 이
가　면</h1>

“지금 그 사람 이름은 잊었지만
그의 눈동자 입술은 내 가슴에 있어…….”

언뜻 이 시는 전쟁과는 무관한
가을비처럼 아름답고 쓸쓸한
소녀적 감상으로만 들려 옵니다.

친구의 묘소를 다녀오던 시인 박인환은
지인들과 함께 명동의 초라한 술집에 모였습니다.

박인환은 즉석에서 시를 썼고
이진섭은 곡을 만들었으며

나애심, 임만섭 등이 흥얼흥얼 콧노래로
그 곡을 다듬어 부르기 시작하자,
길 가는 행인들이 하나 둘씩 모여들며
그들의 소박한 리사이틀에 동참했습니다.

이렇게 즉흥적으로 탄생한 것이
너무도 유명한 노래 「세월이 가면」입니다.

1950년대 전후의 격동기 예술가들은 그토록 참담했던
전쟁의 상처와 어두운 시대의 상실과 고통을
마치 떠나가는 연인에게 작별을 고하듯
낭만적으로 표현하였고 스스로를 치유하였습니다.

삶은 살아야 할

신   비   다

마음과 싸우지 말라.
다만 마음을 옆으로 내려놓으라.
삶은 풀어야 할 문제가 아니라 살아야 할 신비다.
– 오쇼, 『장자, 도를 말하다』 중에서

삶은 불안정하고 불확실하지요.
불안정한 그것을, 불확실한 그것을
서둘러 어떻게 하려고 하지 마세요.

불안정하지만, 불확실하지만

삶은 바로 그런 이유로
충분히 아름다운 것입니다.

정성스런 마음가짐으로 살아가는 신비한 것.

풀어야 할 문제가 아니라
살아야 할 신비라고 생각하면
지금 내 앞에 펼쳐진 삶의 시간들이 얼마나 감사한지요.

나의 과거를
되돌아보자

홍시여, 이 사실을 잊지 말게.
너도 젊었을 때는 무척 떫었다는 걸

– 나쓰메 소세키

바쁜 일상을 살다 보면, 오늘과 내일 외에
과거를 되돌아볼 기회가 흔치 않습니다.

외국의 한 블로거가
매일 같은 시간 같은 장소에서
자신의 얼굴을 사진으로 찍어 블로그에 올린 것이

화제가 된 적이 있습니다.
같은 시각에 찍힌 자신의 얼굴 수백, 수천 장을 살펴보면서
스스로 걸어온 시간의 길을 더듬어 볼 수 있었을 것입니다.

수많은 사진 속 얼굴에는
그때 당시의 기분과 감정도 드러나게 되고
살아온 시간의 조각들이 조금씩 묻어나오기 마련입니다.

가끔은 내일 대신 어제를 생각하며
나 자신을 가다듬어 보는 시간을 가지는 것은 어떨까요.

어제보다는 조금은 성장한 나를 칭찬해 주거나,
실수투성이었던 과거를 반성하는 기회를 가져 봅니다.

'그래, 그때는 서툴렀었지.'

그걸 알 수 있는 것이 바로
우리가 성장했다는 증거입니다.

영 혼 청 소

가을밤엔 일찍 잠들지 말자.

잠 오지 않는 그 밤의 시간에 스스로의 삶을 깊이 생각하자.

그 허망함에 대하여, 그 쓸쓸함에 대하여, 그 적막함에 대하여,

그리하면 나의 욕심에 대하여, 나의 탐욕에 대하여, 나의 이기에 대
하여

부질없음의 반성과 염치없음의 부끄러움이 생기게 되리라.

그러한 시간을 내일에 모두 잊는다 해도, 다시 그 다음날에 또 갖게
됨으로

우리의 영혼은 그나마 청결과 순결을 유지해나가는 것이 아니랴.

− 김초혜, 「이 청정의 가을에」 중에서

가을 날씨는 참으로 아름답습니다.
햇빛은 어찌나 찬란하고 바람은 어찌나 부드러운지요.

날씨가 너무 좋아서,
고운 햇빛을 받고 살아 있음에 감사해서
잠이 오지 않는 밤,
어쩔 수 없이 밀려드는 이런저런 생각들.

그런 생각들을 감상적인 잡념으로 치부하지 마세요.

가을날에만 찾아오는
'영혼 청소'의 요정들이랍니다.

끝까지 간
길에서 짓는
함박웃음

시작하는 재주는 위대하지만
마무리 짓는 재주는 더욱 위대하다.

– 헨리 롱펠로

새해 첫날의 다짐을 잘 실행하고 계신가요.
이런 것을 해 보리라,
이런 것은 고치리라, 마음먹은 것들을
차질 없이 이행하고 계신가요.
작심삼일(作心三日)이 되시는 않으셨나요.

혹, 결심이 흐려지셨다면
다시 마음을 가다듬어 실천해 보세요.
아직 늦지 않았습니다.

끝까지 간 길에서 짓는 함박웃음은
진정 위대한 웃음일 겁니다.

내 비장의
무   기

내 비장의 무기는 아직 손 안에 있다.
그것은 희망이다.

– 나폴레옹

뜻한 것이 이루어지지 않았다고,
해도 해도 되는 것이 없다고
좌절하고 포기하고 있지는 않으신지요.

마음에 태양을 품어 보십시오.
입술에 미소를 담아 보십시오.

그리고 용기를 내십시오.

우리에겐
희망이 있습니다.

소유할 것인가

존재할 것인가

인간의 목표는 풍부하게 소유하는 것이 아니고
풍성하게 존재하는 것이다.

– 법정 스님, 『살아 있는 것은 다 행복하라』 중에서

작은 꽃밭 하나 가꾸며 살았던 적이 있습니다.
씨를 뿌리고 물을 주자
싹이 돋고 어느덧 꽃이 피어날 때
그 기쁨은 말로 다할 수 없을 만큼 컸지요.
꽃밭을 완성하는 재미가 쏠쏠했습니다.

어느 날,
동네 개들이 꽃밭에 들어와 뒹구는 바람에
꽃밭은 한순간에 엉망이 되어 버렸습니다.
상처 난 꽃들을 일으켜 세우고
서둘러 꽃밭 주위로 울타리를 쳤습니다.

하지만 이상하지요.
울타리를 친 뒤로는
혹시 꽃밭으로 뛰어들지도 모를 개들을 살피느라
아름다운 꽃들을 즐길 마음의 여유가 사라지고 말았습니다.

내 것을 지키겠다는 욕심이
꽃의 아름다움을 밀어낸 것입니다.

요즘은 달라졌습니다.
꽃이 보고싶으면 뒷산에 올라
마음 놓고 꽃을 바라봅니다.
소유하지 않으니 마음 넉넉히 바라볼 수 있어 좋습니다.
풍성한 존재가 된 것처럼 충만합니다.

온 산과 들판이 나의 꽃밭입니다.

달 뜨는 언덕

값진 삶을
살고 싶다면

값진 삶을 살고 싶다면
아침에 눈을 뜨는 순간 생각하라.
'오늘은 단 한 사람을 위해서라도 좋으니
누군가 기뻐할 만한 일을 하고 싶다'라고.
    – 니체

누군가에게 기쁨을 줄 수 있는 일은 많습니다.
무심코 흘려 버리는
일상의 사소한 것들에게 눈을 돌리면
쉽게 보이는 것이기도 합니다.

물질이 있어야만 되는 것이 아니라
마음만 있으면 할 수 있는 것들입니다.

쉽지만 행동으로 옮기는 것에 인색했던 것들을
하루에 한 가지라도 실천해 보면 어떨까요.

값진 삶은 가장 단순한 한 가지 행동으로 시작됩니다.

하고 싶은 일,

할 수 있는 일

인생은 다음 두 가지로 성립된다.

"하고 싶지만 할 수 없다."
"할 수 있지만 하고 싶지 않다."
– 괴테

투덜대면서 우리 인생을 허비하는 일이 많습니다.

그러나 아무것도 하지 않고
우리 인생을 전진시킬 수 없음을

우리는 잘 알고 있습니다.

하고 싶은 것을 힘써서 하고
할 수 있는 것을 즐겁게 하면서

하루하루 우리 인생을
알차게 채워 나가야겠습니다.

신은 내게

삶을 선물했다

나는 신에게 모든 것을 부탁했다.

삶을 누릴 수 있도록.

하지만 신은 내게 삶을 선물했다.

모든 것을 누릴 수 있도록.

나는 가장 축복받은 사람이다.

– 미국 뉴욕의 '신체장애인 회관'에 적힌 시 중에서

신은

내가 바라는

재능과 부와

건강을 주시지는 않았지만

겸손해지고,
지혜로워지고,
의미 있는 일을 할 수 있는
'삶'을 주셨습니다.

'삶'을
어떻게 누릴 수 있는가는
내게 달려 있습니다.

어떤 조건에서도
이 삶을 당당히 내 것으로 만들어 가야만 합니다.

그럴 수 있다는 것이 진정 행복합니다.

우리는 축복받은 사람입니다.

거 꾸 로
콩 나 물

전주콩나물국밥집

다른 집보다 천 원이 비싸다 하니 주인아주머니 벽에 붙은
광고지를 가리킨다.

콩싹이 3cm쯤 자랐을 때 뒤집어 키운 콩나물이란다.
(중략)

거꾸로 자라

저항력이 생겨서 농약을 치지 않았다는데, 그 저항력을
뒤집어 보면 악착스럽고 모질어졌다는 말

살기 위해 오기를 부렸다는 말

입도 떨어지지 않은 것들, 얼마나 독심을 품었으면

뿌리조차 썩지 않으랴.

콩케팥케 뒤섞여 머리만 키운 콩나물
아삭아삭 씹힌다.
피가 거꾸로 돌기 시작한다.
– 마경덕, 「거꾸로 콩나물」 중에서

오기로 버텼다는 말.
악착같이 살았다는 말.
언뜻 들으면 보통내기는 아닌 듯 들리는 그 말.
그러나 삶은 이런 자세를 요구하기도 합니다.
삶을 완전히 뒤바꾸어야 할 때가 있습니다.

그래야 시야가 바뀌고 뿌리가 살아납니다.
자세를 바꾸면 저항력이 생기는 것입니다.
그것은 분명 피가 거꾸로 돌 정도의
고통을 동반하지만
이 오기와 악착같음이야말로
변화의 조건입니다.

내 삶이 만족스럽지 않다면
지금이 바로 물구나무를 서야 할 때입니다.

나 이 를
먹는다는 것

독일 속담 중에

'나이와 늙어가는 속도는 비례한다'는 말이 있다고 합니다.

20대는 20km/m, 50대는 50km/m,

이런 식으로 점점 속도가 빨라지는 것을

체감하게 된다는 뜻입니다.

그런데 어려서는 빨리 어른이 되고 싶어

서너 살씩 나이를 올리곤 하던 사람도

정작 장년기에 접어들면 나이를 줄이든가

답변을 회피하는 경우도 있습니다.

가끔 어르신들에게 나이를 여쭙게 되면

잊었다는 말씀을 듣게 되는 경우도 있는데

이렇게 나이를 먹는다는 것, 늙는다는 것에 대해
부정하는 사람이 적지 않습니다.

그러나 인생의 후반기를 맞이한다는 것은
매우 축복받은 일입니다.
나무에 싹이 나고, 꽃이 피어나고 열매를 맺듯,
사람도 꽃 피는 젊은 시절의 치열함을 견딘 후
결실의 달콤함을 맛보는 것이 마땅하지 않을까요?

나이든 사람의 지혜와 성숙이 깃든 인생은
잘 익은 열매처럼
이 세상을 풍요롭게 만드는 법이기 때문입니다.

젊은 사람의 패기와 늙은 사람의 지혜가 어우러진 세상,
가장 이상적인 모습이 아닐까요?

삶 에 서 간 절 함 이 빠 져 나 간 뒤

삶에서 '간절'이 빠져나간 뒤
사내는 갑자기 늙기 시작하였다.

활어가 품은 알같이 우글거리던
그 많던 '간절'을 누가 다 먹어치웠나

'간절'이 빠져나간 뒤
몸 쉬 달아오르지 않는다

달아오르지 않으므로 절실하지 않고
절실하지 않으므로 지성을 다할 수 없다
— 이재무, 「간절」 중에서

나이가 들면
간절히 무엇을 해야겠다는 생각도
차츰 줄어드는 것 같습니다.
아니, 반대로 간절함이 사라지면서
갑자기 늙게 되는 걸까요.

원하는 것이 사라지니
의욕이나 열정도 없습니다.
간절하다는 것은,
그것이 최선이기에 이루어야겠다는 갈망과 함께
그것에 닿고자 하는 노력을 가져옵니다.

간절함이
우리를 움직이게 합니다.

활어의 그득한 알처럼
우리 몸에 '간절'이 다시 차오르기를.

희망이 되는 사 람

혹 실패하고 절망에 빠졌더라도
당신을 알고 있는 사람을 떠올려 보세요.
그리고 용기를 내세요.
틀림없이 그들 중 누구에게 당신은
정말 희망이 되는 존재이기 때문입니다.
당신의 한마디 말과 작은 행동이
그 사람에게 커다란 힘이 될 수 있습니다.

— 조휴정, 「당신도 누군가에게 희망이 되는 사람입니다」 중에서

희망을 잃고

기운 없이 축 처진 어깨를 한
사람을 보면
본인은 더 괴로운 일이지만
그것을 바라보는 사람에게도 큰 아픔이 느껴집니다.

지금은 비록 힘들고 고통스럽더라도
당신에게 희망을 걸고 있는
사랑하는 이들이 있다는 것을
잊시 마세요.

누군가의 작은 위로가
사람을 살게 합니다.

용기를 내십시오.

내일의 태양은
분명 당신을 위해서 떠오를 것입니다.

가을노래

멕시코 소녀들의 어머니, 정말지 수녀님

멕시코에는

학교에 갈 형편이 안 되었던 소녀들이

무료로 공부하는 기숙학교가 있습니다.

4천 명의 소녀들이 생활하고 공부하는

'찰코 소녀의 집'을 운영하는 분은

한국에서 파견된 정말지 수녀님입니다.

'찰코 소녀의 집' 학생들은 재봉을 배워

스스로 옷감을 잘라 교복을 만들어 입습니다.

비용도 줄이고 기술도 배울 수 있는 방법입니다.

한국에 오실 때마다 징밀지 수녀님은

학교를 위해 모금을 합니다.

멕시코에 진출한 한국 기업들도
이 학교를 수시로 후원하고 있습니다.

수녀님은 그 아이들이 자립을 할 수 있는
실크공장을 세울 계획을 세우고
뽕나무를 많이 심어두셨다고 합니다.

그 공장이 완공되면 학생들은
일하고 공부하느라 더 바쁘겠지만
스스로가 자랑스러울 것입니다.

진정한 도움은 스스로 설 수 있게 돕는 것 아닐까요.

4장

··· 사랑의 향기

: 사랑은 밑지는 법이 없습니다

사랑의 철학

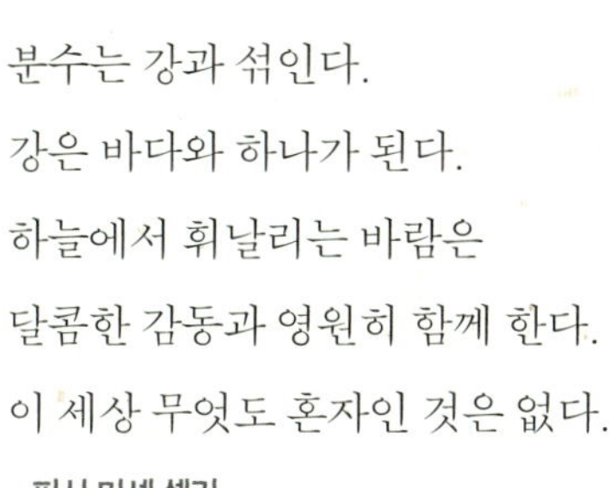

분수는 강과 섞인다.
강은 바다와 하나가 된다.
하늘에서 휘날리는 바람은
달콤한 감동과 영원히 함께 한다.
이 세상 무엇도 혼자인 것은 없다.
– 퍼시 미셰 셸리

햇빛이 지구를 보듬듯
나는 너를 보듬고,
파도가 다른 파도를 껴안듯

너는 나를 껴안아,
곧 우리가 되어
마음을 섞고 살아가야 하는 세상입니다.

이 세상 무엇도 혼자인 것은 없습니다.

더욱 사랑하겠습니다.

곰 과 여 우

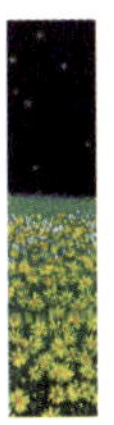

'곰과 여우'라는 허름한 분식집이 있었다.

곰 같은 남편과 여우같은 아내가 알콩달콩 가게를 꾸리고 있을 것이다.
곰 같은 남자가 라면을 끓이고 여우같은 아내는 김밥을 만다.
곰 같은 남자가 빈 그릇을 치우면 여우같은 아내는 테이블을 훔친다.
무뚝뚝하지만 속 깊은 남자와 싹싹하고 셈 밝은 여자는
불에 덴 손가락을 불어주고 녹작지근한 어깨도 주물러주며
싱겁지도 짜지도 않게 간을 맞출 것이다.

졸업을 하고 출퇴근길에도 여전히 그 집 앞을 지나다녔다.
언제쯤 누구랑 짝을 맞추게 될지 막막하고 불안하였지만
'곰과 여우'라고 되뇔 때마다 가슴이 따뜻하고 뭉클해졌다.

아슴푸레한 수증기 같은 것이 마음 안쪽에 모락모락 피어나기도 하
였다.

– 최민자, 손바닥 수필 「곰과 여우」 중에서

각자 다르기는 하겠지만,
흔히들 남자는 곰 같고 여자는 여우같아야 한다고 하지요.

때로는 곰처럼, 때로는 여우처럼 현명한 판단이 필요하되
진실이 받쳐주는 모습이어야겠지요.

곰 같은 남편과 여우같은 아내가 그 오랜 세월 지켜온 가게.
그리고 참 오랜 시간 그 가게 앞을 지나다니며
자신의 짝을 그려봤을 또 한 사람.
어디 이 사람뿐이었을까요.

간절히 원하였고, 그토록 지극하게 꿈꾸었으니
'곰과 여우'는 세상 어딘가에 2호점, 3호점, 4호점을 냈을 겁니다.
꼭 그럴 것만 같은 이름입니다.

곰, 그리고 여우. 따뜻하고 뭉클한 이름.

아 들 과
함께 걷는 길

"아빠는 이 고개를 넘으며 그것들을 하나하나 잃어버리면서
어른이 되었고, 이제 다시 이 고개를 넘으며
하나하나 그것을 되찾고 있는 거란다."
"그래서 찾았나요?"
"다른 거리나 길에선 그걸 찾을 수가 없어.
그런데 이 길을 넘을 땐 아빠가 애써 찾지 않아도
그것이 다시 아빠 마음속으로 들어온단다.
그것들이 마음 안으로 들어올 때 아빠 마음이
그렇게 넉넉해질 수 없는 거고."
"무엇이 아빠를 넉넉하게 하는데요?"
"아빠 어릴 때의 마음이 아빠를 넉넉하게 하는 거야.
처음 파랑새를 찾아 나서던 때의 마음 말이지……."

– 이순원, 『아들과 함께 걷는 길』 중에서

해마다 돌아오는 휴가철.

휴가는 나를 찾아 나서는 재충전의
기회이기도 하지만 그동안 소홀했던 가족과
진지한 대화를 가질 수 있는 시간이기도 합니다.

어느덧 훌쩍 커버려 소원해진 아들과 혹은 딸과
단둘이 걸으면서 눈높이를 맞추고
마음을 맞추어 보는 시간을 가져 보는 것은 어떨까요?

아이들에게
아빠와의 대화는
어느 교과서와도 비교할 수 없는
참사랑이 녹아 있는 감동의 작품입니다.

밥 짓는
사 랑

사랑은 한 계단씩

차근차근 밟고 오르는 탑

한꺼번에 점프할 생각은 아예 마셔요.

아무리 사랑에 목마르고 배고파도

서두르지 마셔요.

사랑은 밥 짓는 것과 같아요.

쌀을 씻고, 앉히고, 열을 들이고, 뜸을 들이고

속성의 밥은 문제가 있기 마련입니다.

- 정채봉, 『사랑을 묻는 당신에게』 중에서

사랑가

사랑이란 단어를 들으면
왠지 모르게 가슴 한쪽이 휑한 느낌이 듭니다.

아픔인지 슬픔인지 그리움인지
그것도 아니면 무엇인지.

아직 사랑을 다 못해서 그런가 봅니다.
아직 사랑을 다 못 받아서 그런가 봅니다.

언젠간 마음이 꽉 차겠지요.

우리의 사랑이
밥 짓는 것처럼 차곡차곡 이루어졌으면 좋겠습니다.

사　랑　　，
즐겨찾기에
올　리　다

한 그루 나무가 되고 싶다.
뜨거운 불길에도 사나운 태풍에도
그대 사랑 흔들리지 않듯
늘 그 자리에서 이겨내고 싶다.

한 줄 빛이 되고 싶다.
헤매는 마음길 방황하는 걸음걸이
그대의 삶이 밝아지도록
늘 환한 웃음이고 싶다.

한 빛 푸른 영혼이고 싶다.
사막의 오아시스처럼 바다의 섬처럼

그대의 상처가 아물어지도록
늘 곁에 있는 존재이고 싶다.

그대의 사랑이고 싶다.
머리에서 가슴으로 이어지는 마음의 길목
언제나 코스모스 반가운 미소처럼
그리움 가득 채워 하늘거리고 싶다.
- 윤성완 독자의 글, 「사랑, 즐겨찾기에 올리다」

나의 귀여운

도   둑

아들 내외는 두어 주에 한 번은 손녀를 데리고 오는데,

와서 두어 주일 치 양식이 될 만큼 낯을 익혀 두고 가는데,

나는 면도하고, 샤워하고, 옷 단정히 갈아입고

나의 귀한 손님을 맞네.

머물다 가는 시간이야 언제나 복사꽃 피는 봄날이거나

모내기철 내리는 단비처럼 아쉽지만, 제가 부리는 재롱에

내가 커르르 커르르 웃고,

내가 부리는 재롱에 저도 차르르 차르르 웃어,

봄 샘물 같은 웃음소리에 낡은 재킷 벗듯 나는 잠시 노인을 벗는데,

손바닥에 고물고물 상형문자 같은 손금들.

첫봄에 막 피어난 참 여린 목련꽃 이파리 같기도 하고,

거기에 곱게 나 있는 엽맥 같기도 한데.

그 작은 손이 다녀갈 때마다 집어가네.
내 마음 한 줌씩 집어 가네.
– 손광성, 「나의 귀여운 도둑」 중에서

정말 귀여운 도둑이지요.
할아버지의 마음을 이렇게 다 가져가다니요.

자식을 기를 때의 어설펐던 사랑이
이제는 완숙해져서
손녀를 보면 자식보다 더 사랑스러운 감정을 느끼는
할아버지의 모습에서 내리사랑의 애틋함마저 느껴집니다.

아들 내외는 손녀와 함께
이 짧은 방문을 마치고 금방 떠나겠지만
손녀의 웃음소리는 오래 남아
할아버지의 마음을 덥힐 겁니다.
훔쳐간 것은 할아버지의 마음이지만
더 큰 기쁨을 선물처럼 남기고 갔으니까요.
할아버지는 손녀를 만나 노인을 벗고
신선한 젊은이 되었으니까요.

참 고마운 도둑.

일생이라는 것은

이토록 작은 것이 모여 행복이 되는 듯합니다.

일생이라는 것은

이토록 작은 것이 모여 행복이 되는 듯합니다.

내 마음의

발 전 기

빛나는 곳만이 환한 곳이 아닌 것을 알겠다.
익숙지 않은 어둠 속에서 한동안 비틀거렸지만
암흑 속에도 빛은 있었다.
칠흑 같은 어둠 속에서도 내 마음의 발전기, 그대
그대를 품어 안은 마음은 이내 환해졌다.
– 김인호, 「내 마음의 발전기, 그대」 중에서

그대가 있어
언제나 다시 일어서고
그대가 있어 힘든 오늘도

희망의 끈을 놓을 수 없습니다.

칠흑 어둠 속에서도
사랑으로 빛이 되는 그대,

당신은 진정 내 마음의 발전기입니다.

가슴으로
낳은 아이

뻐꾸기가
제 알을 붉은 머리 오목눈이 둥지에 넣으면
오목눈이는
제 알인 줄 알고 품고,
알에서 깨어난 저보다 몸집이 큰 어린 뻐꾸기에게
정성껏 먹이를 물어다 주며 키워냅니다.

자연의 섭리이긴 하지만
오목눈이에 대한 안쓰러움과
어미 뻐꾸기에 대한 얄미움을 동시에 느낍니다.

그러나 남의 둥지에 자식을 맡긴

어미 뻐꾸기의 마음이 편할 리는 없을 터,
먼발치서 오목눈이의 둥지를 맴도는 것을 보면
모성의 본능은 어쩔 수 없는가 봅니다.

눈이 파란 양부모에게
아이를 맡기는 우리의 현실을 보면
뻐꾸기가 제 자식을 남의 품에 맡기고 애달파하듯
우리도 그렇지는 않나 생각해 봅니다.

그러나
우리의 고정된 생각도 점차 바뀌어 가는지
우리에게도 가슴으로 낳은 아이라고, 보듬어 안고
행복하게 웃음을 짓는 얼굴들이 많아졌습니다.

그들을 보며
그들의 깨인 사고와
넓은 사랑에 감탄하지 않을 수 없게 됩니다.

행 동 으 로

보여주는 사랑

말로 하는 사랑은 쉽게 외면할 수 있으나
행동으로 보여주는 사랑은 저항할 수가 없다.
– 무니햄

말로 하는 사랑도 중요하고
행동으로 보여주는 사랑도 중요합니다.

다만 행동은 사랑을 직접 확인할 수 있기에
더욱 신뢰가 가는 것이지요.

사랑은 마음에 담고만 있지 말고
표현을 하라고 합니다.

그러나 표현이 표현으로 끝나지 않도록 해야 합니다.

말만 앞세우는 겉치레의 사랑이 될 수 있기 때문입니다.

저항할 수 없는 사랑의 주인공이 되고 싶습니다.

사 랑 의
명 대 사

영화 「이보다 더 좋을 수는 없다」에는

작가로 활동하고 있는 멜빈 H. 유달(잭 니콜슨)이 나옵니다.

그는 엄청난 독설을 입에 달고 사는 괴팍한 성격의 소유자입니다.

분명 기괴하게 보이는 성격이지만 외외로

그의 내면은 무척 순수합니다.

그가 자주 이용하는 식당에는 여종업원인

캐롤 코넬리(헬렌 헌트)가 있습니다.

그녀는 처음엔 그를 탐탁지 않게 여겼지만

만남이 잦아질수록 차차 그에게 호감을 느끼게 됩니다.

유달의 기괴한 성격은

강인하면서도 부드러운 면을 지닌
캐롤을 통해 순화됩니다.
캐롤 역시 유달에게 사랑을 느끼게 되지요.

드디어 유달은 캐롤에게 사랑 고백을 합니다.

"당신은 나를 더 나은 사람이 되게 만들었소.
(You make me wanna be a better man.)"

유달의 고백,

회자될 만한 사랑의 명대사입니다.

영혼의
계좌번호

나는 오늘 사랑을 무통장으로 입금시켰다.
온라인으로 전산 처리되는 나의 사랑은
몇 자리의 숫자로 너의 통장에 찍힐 것이다.
오늘 날짜는 생략하기로 하자.
의뢰인이 나였고 수취인이 너였다는 사실만 기억했으면 한다.

통장에 사랑이 무수히 송금되면
너는 전국 어디서나 필요한 만큼 인출하여 유용할 수 있고
너의 비밀 계좌에 다만 사랑을 적립하고픈
이 세상 어디에서도 우리
채권자와 채무자의 관계로서는 사랑하지 말자.

오늘도 나는 은행으로 들어간다.
무통장 입금증에 네 영혼의 계좌번호를 적어 놓고
내가 가진 얼마간의 사랑을 송금시킨다.
– 이복희, 「부모와 자녀가 꼭 함께 읽어야 할 시」 중에서

향토 장학금이란 말이 있었지요.

도시로 유학 보낸 자식에게 보내는
부모님의 노고가
고스란히 담긴 그 돈에는

부모님의 희생이 녹아 있었습니다.

꿈과 희망을 담은
그 사랑으로 어른이 되고
이제 제가 송금을 합니다.

그것이 부디 사랑하는 그대들의
영혼의 계좌번호이기를 바라면서…….

사랑이란

사랑은 마주보는 것이 아니라
함께 같은 방향을 보는 것이다.

– 생텍쥐페리

사랑은 눈으로 보는 것이 아니라
마음으로 보는 것이라고 합니다.

내가 당신을 필요로 해서
당신을 사랑하는 것이 아니라

당신을 사랑해서

당신을 너무 사랑해서

당신을 필요로 하는 것이라고 합니다.

같은 목표를 향해 같은 마음으로
함께 걸어가는 것이 사랑입니다.

당신을 사랑해서

단 테 와
베 아 트 리 체

이탈리아 피렌체는 단테의 고향입니다.

르네상스의 발생지인 피렌체는, 단테와 베아트리체의
첫사랑 이야기가 아름다운 아르노 강과 함께 흘러갑니다.

단테(1265~1321)는 9세 때, 베아트리체를 처음 만나
연정을 품게 됩니다.

베아트리체(1266~1290)는 '시모네 데 바르디'와 결혼한 후
24세에 세상을 떠났다지요.

단테는 이 충격으로 10년간 타락한 생활을 한 후,

정쟁에 가담하였다가 피렌체에서 추방당합니다.

잡히면 사형선고를 받게 될 단테는 자신의 죄를 뉘우치며,
13년간 쓴『신곡』을 완성하고 객사합니다.

그는「천국」편에서 베아트리체를
아름다운 여인으로 묘사했습니다.

700년이 흘렀지만 단테의 숭고한 사랑이 그립습니다.

짝사랑의

길

우리 삶의 다른 모든 일들처럼

사랑도 연습이 필요합니다.

그리고 짝사랑이야말로 사랑 연습의 으뜸입니다.

학문도 외롭고 고달픈 짝사랑의 길입니다.

안타깝게 두드리고 파헤쳐도 대답 없는 벽 앞에서

끝없이 좌절하지만,

그래도 포기하지 않고 끝까지 짝사랑하는 자만이

마침내 그 벽을 허물고 좀 더 넓은 세계로 나가는

승리자가 되는 것입니다.

— 장영희, 『어떻게 사랑할 것인가』 중에서

분홍양귀비

사랑에 응답받기를 바라는 것은
모든 인간의 당연한 바람일 것입니다.
하지만 세상에는 분명 짝사랑도 있지요.
그럼 짝사랑도 의미는 있는 걸까요.

짝사랑은 사랑 연습의 으뜸이라고 합니다.
현실에서 상처받지 않으면서
나의 마음을 온통 그 사람에게 몰두할 수 있기 때문이겠지요.

비록 실패로 끝나더라도 덜 다치기 때문일 겁니다.
이렇게 생각해 보니 짝사랑처럼
좋은 사랑도 없는 것 같네요.

짝사랑이 짝사랑으로 끝나지 않도록 하는 방법은
끝없는 노력입니다.
세상은 그런 나를 결국 받아주기 때문입니다.
만에 하나 짝사랑이
정말 짝사랑으로 끝났다 하더라도
온 힘을 다한 뒤라면
후회는 없을 듯합니다.

그런 인생은 그 인생대로 소중한 기억으로 남을 것입니다.

그림자에게

우　산　을

그림자 하나씩을 이끌고 왔다
빗방울이 지우려고 세차게 내려도
발목을 놓지 않는 그에게
살며시 우산을 씌워 주었다
그를 위해 처음으로 내 어깨가 젖었다.

– 길상호, 시 「그림자에게도 우산을」 중에서

늘 우리를 따라다니는 이가 있습니다.
앞에서 이끌기도 하고,
옆에 바짝 붙어 동무도 하고

때로는 발뒤꿈치를 밟으며 따라오기도 합니다.

묵묵히 벗해주는 그림자.

오늘은 유난히 그림자가 살갑게 느껴집니다.
어떻게 해도 나를 떠나지 않을 유일한 친구처럼 느껴집니다.

오늘은 그를 위해 우산을 씌워 줍니다.
그를 위해 내 어깨가 잠시 젖어도 괜찮은 밤입니다.

지금 어디선가 비를 맞고 있을 누군가가 있겠지요.
그들에게 든든한 우산이 되어 줄 수 있다면 좋겠습니다.

하 나 가 된다는 것

내 뒤에서 걷지 말라.
나는 지도자가 되고 싶지 않으니까.
내 앞에서 걷지 말라.
나는 추종자가 되고 싶지 않으니까.
내 옆에서 걸으라.
우리가 하나될 수 있도록.

– 유트족(미국 원주민)

너와 내가 하나가 될 수 있는 것은
서로의 우월을 자랑하지 않기 때문입니다.

서로의 부족을 부끄러워하지 않기 때문입니다.

하나가 된다는 것은
나의 것을 내세우지 않고
남의 것을 탐내거나 시샘하지 않는 것입니다.

서로 마음을 모아 동행하는 것입니다.

당신의 향기는

무 엇 입 니 까

파트리크 쥐스킨트의 소설 『향수』라는 작품이
영화화되어 화제를 일으킨 적이 있었습니다.
이 작품의 주인공인 향수조제사 장 그르누이는
만물의 냄새를 구별할 줄 아는 천부적 재능을 지녔지만
정작 그 자신은 어떤 체취도 가지고 있지 못한
불행한 사나이입니다.

그렇기에 향기에 대한 그의 욕망은
살인을 무릅쓸 만큼 엄청난 것이었습니다.
결국 그는 온 세상 사람들을 사랑에 빠지게 하는
마법의 향수를 만들기 위해 아름다운 여인들에게 손을 댑니다.

영화에서도 보여지듯, 향기는 사람을 끌어당기는
매혹적인 힘을 상징하고 있습니다.
사실, 굳이 향수를 뿌리지 않아도 사람은
누구나 자신만의 고유한 향기를 지니고 있다고 합니다.

향긋한 풀내음이 나는 사람이 있는가 하면
오래된 연필 냄새가 나는 사람도 있지요.

향기는 그 사람이 어떻게 살아왔는지를 알려주기 마련이거든요.

당신의 향기는 무엇입니까?

주위 사람들을 행복하게 만드는, 그런 향기인가요?

꽃나들이

타인은 나고,
나 는 곧
타인입니다

타인은 곧 나고
나는 곧 타인이라고 생각하여
나 아닌 남에게
상처를 주어서는 안 된다.
– 『아함경』

내가 나를 아끼는 그 마음으로
남을 아낀다면
아픔도, 상처도 없을 것입니다.

내가 나를 존중하는 그 마음으로
남을 존중하십시오.
내가 나를 사랑하는 그 마음으로
남을 사랑하십시오.

사랑은 포용하고 이해하는
최고의 덕목입니다.

살 아 있 는
모 든 것 을
사 랑 하 자

살아 있는 모든 것은 소중하다.
무당벌레도 나비도,
회색 날개를 가진 나방도,
즐겁게 노래하는 귀뚜라미도,
가볍게 뛰어오르는 메뚜기도,
춤추는 모기도,
통통한 딱정벌레도,
살금살금 기어가는 저 이름 모를 벌레도.
– 크리스티나 로세티

비록 너와 내가
땅에 금을 긋고 사는 세상이지만
네가 바라보는 하늘과
내가 바라보는 하늘이 같듯이
서로 평등하다는 생각과 생명에 대한 존중으로
배려하는 사회가 되었으면 좋겠습니다.

모든 생명은 소중합니다

하물며 사람은 어떻겠습니까.

아주 특별한

선   물

각막이식 수술 신청을 하고
막막한 심정으로 기다리던 할머니에게
병원의 의료진으로부터 반가운 전화가 왔습니다.

각막이 준비됐으니 빨리 오라는 전화였지요.

드디어 수술을 받게 되었고
한 눈을 이식받은 할머니는
각막을 이식한 고마운 분의 이름을 전해 듣고
깜짝 놀라고 말았습니다.
기증자는 바로 선종하신
김수환 추기경이었던 것입니다.

나중에
추기경의 다른 한 눈마저 또 다른 누군가에게
기증되었다는 것도 알게 되었습니다.

힘없고 가난한 사람들을 위해 평생을 살다가
선종하신 뒤에도 당신의 모든 것을 주고 떠나신 것입니다.

모든 것을 주는

위대한 사랑입니다.

더딘 사랑

돌부처는

눈 한 번 감았다 뜨면 모래무덤이 된다

눈 깜짝할 사이도 없다

모든 게 순간이었다고 말하지 마라

달은 윙크 한 번 하는데

한 달이나 걸린다

– 이정록, 「더딘 사랑」 중에서

돌부처가 눈 한 번 감았다 뜨는 순간과

달이 윙크 한 번 하는 데 걸리는 순간.

순간이라고 말하지만 인간의 시계로는
상상할 수 없을 만큼 긴 시간입니다.

우리는 얼마나 쉽게 사랑하고 쉽게 끝을 맺는지요.

호기심으로 눈을 반짝이며
가슴 설레는 기간만이 사랑은 아니랍니다.

그 기간을 넘긴 다음에야
비로소 시작되는 이해와 신뢰,
그것이 바로 사랑입니다.
그렇게 더딘 것이 바로 사랑입니다.

사 랑 은   그
왕 국 을   무 기
없 이   지 배 한 다

사랑은 그 왕국을 무기 없이 지배한다.

– 조지 허버트

풀 한 포기, 꽃 한 송이도
매일 사랑으로 들여다봐 주면 생기가 돌고
예쁜 모습으로 생글거린다지요.

하물며 사람에게 있어서 사랑은
보이지 않는 생명의 마법이 아닐까요.

누군가로부터 사랑을 받고 있다는 생각이
삶을 즐겁고 긍정적인 것으로 만듭니다.

누군가의 사랑을 받기 이전에
먼저 사랑을 베풀어 보십시오.

사랑은 받을 때보다
줄 때가 더 행복하다고 했습니다.

인간의 가장 위대한 무기가 바로 사랑입니다.

안　아　주세요

하루 열두 번의 포옹.
우리에게 필요한 것은 바로 그것이다.
신체적으로는 말할 것도 없고 말이나 눈으로
혹은 분위기로도 포옹해 줄 수 있다.

– 스티브 코비

사랑하는 사람을 볼 때마다
안고 싶고 안기고 싶은 것은
아이나 어른이나 마찬가지일 것입니다.

나이가 들고 결혼 생활이 오래 지속되다 보면
애정 표현하는 일에 무디게 되는 듯합니다.

그저 고마움을 알겠거니
꼭 표현 안 해도 알 테지
쉽게 여기고 맙니다.

공부에 지쳐 돌아온 아이에게,
고된 하루 일과를 마치고 퇴근한 남편에게
그리고 아내에게
다가가 포근히 안아줘 보세요.

말없이도 통하는 따스한 언어,

바로 사랑입니다.

아 이 들 은
신 으 로 부 터
받은 선물이다

신께서 나에게 특별히 살펴야 할 세 개의 꾸러미를 보내셨다.
대단히 귀한 것들이니 저 작은 선물들을 잘 돌봐라.

사랑을 다해 이들을 지켜봐라.
너의 손길을 느낄 수 있게 하라.
너는 이들에게 꼭 필요한 존재니 부족함이 없도록 잘 살펴라.

선물들이 아주 빨리 자란다는 사실을 얼마 지나지 않아 깨닫게 될
것이다.
그들을 온 마음으로 사랑하라.
그리고 어떤 모습이 되라고 강요하지 마라.

– 산드라 톨슨, 『아이들은 신으로부터 받은 선물이다』 중에서

봄의 합창

어린이는 몸뿐 아니라 생각도 어리다고 생각하기 쉽지만
어리다는 것은 작고 미숙하다는 의미보다는 순수하다는 의미이며
아직 세상의 물이 들지 않았다는 의미일 것입니다.

그동안 아이들을
신으로부터 받은 고귀한 선물이라고
생각하기보다는,
내 소유물이고
내 마음대로 이래라 저래라
그들의 삶을 휘두를 수 있다고
생각한 것은 아닌지,
그래서 마음의 상처가
두고두고 굴레로 남게 한 것은 아닌지

이제야 철든 어른이 되어
되돌아봅니다.

얼마나 큰 사랑으로 아이들을 대했는지
다시 생각해 봅니다.

사 랑 의
고   리

젊었을 때 나는 사람들에게

그들이 줄 수 있는 것 이상을 요구했다.

지속적인 우정, 끊임없는 감동, 이제 나는 그들에게

그들이 줄 수 있는 것보다 더 적은 것을 요구할 줄 안다.

그냥 말없이 같이 있어 주는 것 같은.

아무것도 주지 않는 사랑은 아무것도 가진 것이 없다.

가장 큰 불행은 사랑받지 못하는 것이 아니라

사랑하지 못하는 것이다.

– 알베르 카뮈, 『작가수첩』에서

마음이 많이 상한 날 누군가에게 마음을
다 털어놓고 위로 받으려 전화번호를 검색해 보지만
어떤 번호 하나 선뜻 눌러지지 않았던 경험이 있으신지요.

허전함에 놀라서 나를 돌아봅니다.

늘 받기만 했던 익숙함
그런 것에서 이제 멀어져가는 나이.

이제 사랑은 우리에게
책임을 묻는 듯합니다.
그동안 너는 누군가에게
얼마나 사랑을 주는 사람이었느냐고.

주위의 모든 것들로부터 이어진 사랑의 고리는
나 자신이 쥐고 있음을 새삼 깨닫습니다.

별 과
이 름

가을이 오면 여름에는 안 보이던 것들이 점점 보이게 된다.
밤이 넓어진 그만큼 우리의 불면도 넓어지고
밤하늘이 넓어진 그만큼 별도 많아진다.

밤하늘의 별이 많아진 그만큼 우리의 슬픔도 많아지고
우리의 슬픔이 많아진 그만큼 그리운 이름들도 많아진다.
가을에는 먼 데 있는 것이 아름답고 잃어버린 것이 더 빛난다.
– 김승희 산문집 중에서

윤동주 시인의 명시 「별 헤는 밤」이 생각납니다.

어둔 밤 아득히 먼 곳에서 빛나고 있는 별에는

추억과 사랑과 시와 어머니가 담겨 있습니다.

바쁜 삶을 이유로
잊고 살았던 고맙고 그리웠던 분들의 이름을
별 이름 부르듯 불러보고 싶은 날입니다.

슬픔도 아름다움도
더 많아지는 날입니다.

친절과 사랑은

밑지는 법이

없 습 니 다

내가 살아보니까,

내가 주는 친절과 사랑은 밑지는 적이 없다.

소중한 사람을 만나는 것은 1분이 걸리고,

그리고 그와 사귀는 것은 한 시간이 걸리고,

그를 사랑하게 되는 것은 하루가 걸리지만

그를 잊어버리는 것은 일생이 걸린다는 말이 있다.

남의 마음속에 좋은 기억으로 남는 것만큼

보장된 투자는 없다.

— 장연희, 『살아온 기적, 살아갈 기적』 중에서

나의 행복한 미래를 위해

오늘 투자하세요.

작은 친절 한 조각,

소박한 미소 한 아름,

그리고 포근한 사랑 한 움큼.

친절과 사랑은 밑지는 법이 없답니다.

서로사랑하되

구속하지 말자

서로 사랑하되 사랑으로 구속하지 마십시오.
그보다는 사랑이 그대들 두 영혼의 기슭 사이에서
출렁이는 바다가 되게 하십시오.
함께 서 있되 너무 가까이는 서 있지 마십시오.
사원의 기둥들도 떨어져 있고,
참나무와 삼나무도 서로의 그늘 속에서는
자랄 수 없기 때문입니다.

– 칼릴 지브란, 『예언자』 중에서

때로 우리는

연인의 달

사랑이라는 이름으로
상대를 간섭하고
내 기준에 맞도록
옭아매고 있지는 않은지요.

내 그늘 속에 가둬두고 내 만족을 채우기보다는,
상대가 스스로 넘어지고 일어서기를 반복하며
생의 기쁨과 보람을 찾도록
배려하고 지켜봐 주는 것이 사랑입니다.

사랑에도 간격이 필요합니다.

그래야 우리의 사랑은 출렁이는 바다처럼 넓고 깊어질 것입니다.

미   안
합 니 다

미국의 한 조사기관의 발표에 따르면
가장 돈이 되는 말은
"I am sorry!"라고 합니다.

몸에 좋은 것을 섭취하고, 몸에 좋은 운동을 하듯
몸에 좋은 말을 하는 습관을 들이기 위한
노력도 필요합니다.

자기 것을 우선으로 취하고
타인에게는 배려나 양보가 점점 없어지는 요즘

감사하다는 말, 미안하다는 말 한 마디가 아쉽습니다.

살아 있는 이 순간조차도
그 누군가에게 감사해 하고
건강한 이 순간을 주심을
감사하는 마음으로 살아야 한다는 생각이 듭니다.

한 치의 혀로 사람을 살리고 죽일 수 있는 말 한 마디.
상냥하고 고맙게 건네며 오늘을 살아갔으면 합니다.

– 김효정 독자의 글, 「I am sorry」 중에서

당 신 은

제 사랑입니다

비오는 날
행여 우산도 없이 오지 않을까
버스 정류장 앞에서 기다려 주는 당신
고맙습니다.

지독한 감기 몸살에
오늘은 출근을 어떻게 했는지
점심은 어떻게 챙겨먹고 일을 하는지
전화 걸어주는 당신
고맙습니다.

슬픈 일에 저보다 더 슬퍼하고
기쁜 일에 저보다 더 기뻐해 주는
항상 제 곁에서 그만큼 사랑해 주시는 당신
고맙습니다.

부족한 게 너무 많아
그런 저 때문에 눈물 흘리는 날도 많았을 당신
지금껏 제 사랑으로 남아 주어서
고맙습니다.

이 못난 저의
마지막 사랑으로 남아 주어서
정말 고맙습니다.

– 이상용 독자의 글, 「당신은 제 사랑입니다」

사색의 향기,
아침을 열다

초판 1쇄 인쇄 2013년 11월 22일   초판 1쇄 발행 2013년 11월 28일

지은이 사색의향기문화원 펴낸이 연준혁

출판 2분사 분사장 이부연
책임편집 우지현 디자인 조은덕
제작 이재승

펴낸곳 (주)위즈덤하우스 출판등록 2000년 5월 23일 제13-1071호
주소 (410-380) 경기도 고양시 일산동구 장항동 846번지 센트럴프라자 6층
전화 (031)936-4000 팩스 (031)903-3895 홈페이지 www.wisdomhouse.co.kr
종이 월드페이퍼 인쇄·제본 (주)현문 후가공 이지앤비

값 14,000원 ISBN 978-89-6086-631-7 03810

• 잘못된 책은 바꿔드립니다.
• 이 책의 전부 또는 일부 내용을 재사용하려면 사전에 저작권자와
  (주)위즈덤하우스의 동의를 받아야 합니다.

국립중앙도서관 출판시도서목록(CIP)

사색의 향기, 아침을 열다 : 마음이 한 뼘씩 자라는 이야기 / 지은이: 사색의향기문화원. — 고양 : 위즈덤하우스, 2013 p.; cm	
ISBN 978-89-6086-631-7 03810 : ₩14000	
글 모음집[一集]	
041-KDC5 089.957-DDC21	CIP2013024503